中国作家协会2018年度

少数民族文学重点作品扶持作品

命运

俄尼·牧莎斯加◎著

云南出版集团
云南人民出版社

图书在版编目（CIP）数据

命运 / 俄尼・牧莎斯加著. -- 昆明 : 云南人民出版社，2021.1
ISBN 978-7-222-19805-0

Ⅰ. ①命… Ⅱ. ①俄… Ⅲ. ①诗集－中国－当代
Ⅳ. ①I227

中国版本图书馆CIP数据核字(2021)第024224号

策　　划：项万和
责任编辑：肖　薇
责任校对：项万和
责任印制：窦雪松
装帧设计：昆明昊谷文化传播有限公司

命运
MINGYUN
俄尼・牧莎斯加　著

出版　　云南出版集团　云南人民出版社
发行　　云南人民出版社
社址　　昆明市环城西路609号
邮编　　650034
网址　　www.ynpph.com.cn
E-mail　ynrms@sina.com
开本　　787mm×1092mm　1/16
印张　　18.5
字数　　292千
版次　　2021年1月第1版第1次印刷
印刷　　云南康龙彩印包装有限公司
书号　　ISBN 978-7-222-19805-0
定价　　68.00元

如需购买图书、反馈意见，请与我社联系
总编室：0871-64109126　发行部：0871-64108507　审校部：0871-64164626　印制部：0871-64191534

云南人民出版社微信公众号

俄尼·牧莎斯加 彝族，当代诗人、作家，1970年10月生，汉族名：李慧，笔名：阿普青鸟、俄尼斯加，大学毕业，曾入鲁迅文学院学习，现任凉山彝族自治州作家协会副主席兼秘书长，副译审，中国作家协会、中国文字版权协会、四川省作家协会会员，参加中国作协《诗刊》杂志社举办的全国第十七届“青春诗会”、参加《散文诗》杂志社举办的全国第十一届散文诗笔会、参加中国作家协会举办的爱荷华国际写作计划“文化探源”活动，诗作在2010年2月《诗刊》栏目“每月诗星”“重点推出”刊发，诗歌《东方圣鹰》获1995年《诗刊》社“金鹰杯”奖、四川省少数民族文学奖、凉山州“山鹰”文学艺术奖等大奖项并被国家图书馆、艾青诗歌馆等场馆收藏，诗歌作品被译成英语、俄语等语种，主创的20集电视连续剧剧本《螺髻情缘》为2019年全省（四川省）文学扶贫“万千百十”活动重点作品扶持项目。

序

个人的，也是民族的歌唱
——俄尼·牧莎斯加诗歌浅析

胥勋和

凉山，彝族聚居地，蓝天深邃，群峰巍巍，江水滔滔，山水之间村落无数，人称寨子。男人、女人、老人、孩子，一代又一代生息繁衍。彝族，岩石一样古老，牧草一样年轻，它有自己的语言、文字、服饰、风尚。它的文化是毕摩文化，毕摩通阴走阳，半人半神半鬼，其实也是通灵的诗人。从遥远的历史走来，这个民族在浩瀚的古籍中不见小说、散文，唯独只有诗歌，民间传说也是诗或者诗式的韵文。毕摩是这些东西的打造者和传播者。山寨文化就是毕摩文化。凡古老民族都能歌善舞，所不同的，彝族有毕摩作为文化的传播者，于是有多少彝人便有多少诗人。

俄尼·牧莎斯加，这个身高腰圆的壮汉，就是他们中的一个。

雅砻是一条河流，更是一条看不见的历史

——《河流》

俄尼·牧莎斯加的家在雅砻江北边那个云遮雾绕的彝家寨子里，他的父辈为了生活就搬迁到了那里。这个寨子是个彝、藏、汉民族杂居地，因此他从小就会说一口流利的彝族话、藏族话和汉族话。他大学本科毕业，能用母语写作也能用汉语书写。我读到的他的诗都是用汉语书写的。他是毕摩的后代，祖父和外祖父都是有名的毕摩，神秘文化的血液总在他身上流淌。难能可贵的是，他的诗既有强烈的时代感和浓郁的生活气息，也有厚重的历史感。当他怀念祖先的时候，他写道：

祖先生活的地方，让人时常喝酒都在
想你
你在我心里，我怎么觉得你是那么地
伸手可触
你在我嘴里，我怎么觉得你是那么地
遥不可及

——《兹兹普吴》

祖先生活的地方，让人时常想念的地方，“我的生命是你的，我的梦想是你的。”“所有的所有的一切的一切都是你的”（《兹兹普吴》）。有历史的根基，诗人脚跟站得稳，诗就能绿树成荫，繁花似锦。神铃，是毕摩手上的法器，有着神秘的、超凡的力量，天和地都在它的昭示里，据说人在做梦的时候，它能幻化出剽悍的骏马、大骟羊、大牯牛、蚂蚁、影子什么的，真那样吗？当然不是，诗人仅把这看成是孩子脸上或老人嘴边的一种风情。这是现代诗人和古老诗人的区别，对于传统进得去出得来，在这里，他把“神灵”视为人的精神，这是人性的，真人性的啊！

文学作品，尤其是诗，只应该在不可以保持沉默的地方说话，谈论的都属于过去，过去的人和事，过去的时间与记忆的影子。《父亲与我对脚睡觉》和《羊皮褂子》把我送进了他潮起潮落的沧桑往日，亲情和伤感迎面扑来，让人忍不住落泪，而贫穷与难耐又叫人哭笑不得。

还在落后的时候
我看你是一根线，足以让生命发光的

——《羊皮褂子》

俄尼·牧莎斯加的爱人是个美丽的汉族姑娘，这位很有修养的山寨老师，文静俊俏的模样，让人误以为她来自唐人的诗里。我参加了他们的婚礼，并带去了祝福。如今，他们有个儿子了，叫巴汝。巴汝是彝族神人支格阿龙的名字。这不争的事实，似乎早在诗人的预想之中，他写道：

啊，她在说着汉语她爱我，一如我在说着

啊，说着彝语在爱她。我们一起求知求全

生命的灯，照着他和我的世界

我们合二为一了！在我的生命中

我娶了一个汉嘎媳妇，真的

只留下我们的爱情的结晶，在这个世上

发扬光大。

……

——《汉嘎》

诗人希望巴汝既有彝族人应该具有的优良品质，同时也有汉族人应该具有的美好品德："因为我深深地知道，这一切都要从我和我爱妻那里获得。"（《混血儿·巴汝》）

真诚表白，深入骨髓。

这爱，这诗，已是另一种高度。

诗人俄尼·牧莎斯加参加美国作家和中国作家"文化探源"时，路途参观活动所创作的《天地的琴键》组诗，我读后更是赞赏有加：

我在黑黑的夜里悄悄地走进它，万籁俱静

放松了，沉寂了

我和朋友在楼顶喝茶

布谷、布谷，布谷鸟忽然在夜里啼鸣了

像美国朋友一样，照了面甜甜笑过之后

也坐着听

我在敦煌的早上阳光中离开它的，我会记住了

敦煌山庄！因为是它让我今春坐着头一次

听见布谷的叫声，它预示着我今夜有好梦幻

——《敦煌山庄》

这种书写是具创造性的，这种感觉是毕摩文化的沉淀。

面对人文、自然景观，诗不是知识堆积、名词贩卖，而是从此时此

地真切的个人内心感受出发，和风细雨地低头倾诉，随意写来，清新淡雅、言简意赅、节奏快乐、篇幅短小，有似古曲的现代化翻唱。看得出来这是诗人意欲建造一种新的书写模式。

（原载《诗刊》2010年第2期）

自序

我和我的诗歌

一

我对诗歌是具有畏惧的。可是，又不得不写。还是写吧，谁叫我是彝人呢？彝人就不得不写诗歌，为了彝人的宗教、彝人的生活、彝人的感情、彝人的历史，更为了彝人的现在和将来。写诗歌，太不容易了。而写诗歌是彝人的生活和思想的全部。上下几千年，彝人仿佛没有诗歌就谈不上生活，所以，每个彝人都是“诗人”。这个，可以到农村去看看，彝人的生活充满了诗歌。而什么小说、散文好像是要弱一点的，甚至放在几千年的历史当中，就是没有出现类似散文、小说等新生的东西，在彝人生活中的很长一段时间，只有诗歌这种体裁。而彝人的生活和思维是一部浩浩瀚瀚、博大精深的书籍——一本大写的诗集，令我永远读不明白又不愿意就此放弃。彝人，不一定就要写诗歌，这是很明了的。而我就要写诗歌，因为其他的事情我做不好，至少多少是凭借着天分所决定的。

二

我这样写，是不是写出了彝人灵魂——不知道。试想（问）一下，任何人都不可能把一个民族的灵魂完全写出来，要是都写出来了就没有诗歌了。我所要做的事，就是把彝族的灵魂尽量地刻画好，这就需要写我和彝族人的生活、情感，以及想什么？是怎样想的？……有诸多种类作为我写作的题材。这当中，把彝族的博大精深的传统文化进行梳理、赋予与时俱进的向往和希望。我是在神授的情况下搞起的创作，而我感谢我的外公，感谢我的爱人——汉族姑娘，感谢我的亲戚朋友，感谢我的民族……我不算是“毕摩”[①]，也不算是“苏尼”[②]，我更不是“尼毕资”[③]，我是谁都不像！虽然我在彝人的生活中，堪称是毕摩的后代。因为我的外公是远近闻名的大毕摩，而在我父亲这方来说，祖上顺着家谱向上追溯起来，定格在马海那一代，马海也是毕摩，是毕摩世家。我知道传统意义上的毕摩是世袭的，并且传男不传女，我还知道聪明的毕摩，一定得懂天文、历史、地理、医学等知识的，在进行着“救人的神职”“工作”。而这个毕摩我算不上，因为我至少没有专门去学过。我是我，我又不是完全的我。一个是生活中的我，一个是精神的我。生活中的我是如此贫乏，而精神中的我是如此富有。这一切都感谢诗歌，是诗歌给予我希望和力量。

三

面对当今网络文化和快餐文化的冲击，我的文化背景——彝族文化在经受最严峻的考验，何去何从我无以卦卜，但我不能不思考、思索。面对诗歌，在彝族这个拥有悠久而灿烂的文化已是精英辈出。我要做的是：把脉当今文化发展的宏观走向；把脉与我息息相关的民族生存现状和当下的变迁。我的思考就站在了传统与现代的交汇点上，我对未来充满了无限憧憬。这当中，我特别关心的是彝族已出现了“混血儿”的文化现象。……彝族经过几千年极度的封闭过后，现已经出现了开放，是值得可喜的、是值得大书特书的，因为老祖宗就是这样去做的。

四

对于我来说，写诗歌绝对不是娱乐性的，而是严肃、谨慎的事

①毕摩：彝语音译。祭司、源于彝族父系氏族公社时代的酋长。

②苏尼：彝语音译。彝族的巫师称谓。

③尼毕资：是具备毕摩和苏尼条件的能人。

情。诗歌对于我，是神圣的、不可侵犯的。我写诗歌是因为我选择了这个行道——写诗歌，而且只有这行做得像模像样；而我写诗，我对诗歌的这种认识也不仅仅是我个人的，它们属于全社会的。现在想起来，我从过政、也抱着摄像机到处去采访过，最终我选定了这行——写诗歌，我为什么不把诗歌写好呢？写诗歌是我命中注定的。

我是彝族，我写的诗歌是我身边的事情，身边的事情就要写到彝族。前面说过的，是题材的原因。一句话，写彝族人的过去、现在的生活和将来的梦想。我是彝族，就连我的灵魂都是彝族人的。不管懂不懂彝语的人，流的血液是彝族人的。我出生在彝族的家庭，我成长在彝族、汉族和藏族等多元文化氛围中，更何况我既懂彝语及文字，我还懂汉语和文字，我从中专到大学学的是彝汉双语。我始终坚信自己是一个少数民族诗人，我所要表达的是人类和民族共同关注的大自然与人的命运、生和死的独特理念、贫穷与富庶的分化和共存、困苦和创新的具体与艰难、时空阴阳乾坤的交错和同一，以及我的彝族内部间和外部间的矛盾和和睦相处，等等。这些，我尽量做到深化和深入了而且更深化和更深入了。

五

一个写诗的人，除了看诗歌以外，我还爱看各种各样的书籍报刊。看这些的目的，是要把诗歌尽量写好。古今中外，什么书都爱看，只是一切从诗歌出发。而我始终在坚持，提倡要身心得到深化和修养，这个身心就包括高尚思想、道德情操、人格修养、艺术创新等方面。我始终在坚持着，要进行“三学习三思考”。“三学习”是向外国古典和现当代文学（诗歌）学习、向中国的古典和现当代文学学习、向本民族的古典和现当代文学学习；“三思考”就是着眼于历史、现今和未来的抒写。其中，最少不了的是个性，即从我最熟悉的东西——喜怒哀乐写起，以达到整个民族或整个人类的共性的目的；以达到我的诗歌艺术写得好看、更好看，思想深度上写得深刻、更深刻。

（原载《诗刊》2010年第2期“每月诗星”）

目录

祖辈

在阿固脚的街子上

异样的蠢动

活着

众神的秘语（节选）

淡出

祖国江河

散装的心情

在岔路口回荡的幽灵

十二行诗：生肖

祖辈

拖木沟

在拖木沟的街子上
我祈望过去
我盼望过来
我只想找到一个什么东西
一个叫什么的东西

我只想找到一个什么东西
我企望过去
我希望过来
我终于找到了我要找的东西
一件叫擦尔瓦的“瓦拉”①

我终于找到了我要找的东西
我期求过去
我期望过来
我盼望着的是，我把这东西
拿着。把它拿给女儿

是我把它拿给女儿
我还未满五岁的女儿
虽然在这山上
只值三十块钱
但是啊，但是她缺了它

①瓦拉，彝族一种纯毛服饰，像汉族的披风。有人曾把它译成擦尔瓦，但不确切，我就按彝语音把它翻译成瓦拉。

是万万不行的。如今
丧失了母语的她
就聊表自慰

查穿阿博①

在我很小的时候
妈妈就将它缝制
缝制进了妈妈的爱心和祝福
缝制进了妈妈的辛酸和企望
一针一线，绣出花样来
记录了她的所有

妈妈就将它缝制
我在何时何地穿上它
无论妈妈在不在身边
我都明白一个道理
穿上它就像穿上了贴心的厚爱
穿上它就像穿上了深情的情谊

我在何时何地穿上它
我像一只小公鸡
长大了。我又像是
一只雄鹰。那数不清的深情浓意
让我像雄鹰展翅飞呀飞的
是狂风暴雨，是伤心痛苦
我都迎头搏击

在我很小的时候
在我长大了以后

①彝语，一种绣花的褂子。

穿上它，查穿阿博呵
绣着长城，绣着火镰和蕨草
还绣着风雨飘逸而来的过去
和民族的现在和将来
让我看清了贫穷与落后的根源
让我看清了走这条路的目的

查穿阿博哟，查穿阿博
你是我的心肝，像我的诗歌
你是我的宝贝，像我的女儿
我把你弄来掩藏起
生怕你，突然出现又销声匿迹

拖乌瓦勒涧[1]

总是躲开我，我的眼睛
拖乌瓦勒涧，敞开怀抱
把我接纳，把我容纳

有一个老妇人，日后
她失去了丈夫。她和她的三个儿子
相依为命。还有那被
她视为座上宾的三个孩子的奶奶
她任劳任怨，她辛苦勤劳
她拖着曳地的长裙
把一根牛皮绳深深勒进自己的肩头

有一个老妇人，想当初
生活在父母翅羽下的快活的小鸟
才貌出众，美如天仙
她是被抢亲来的，从
放羊的坡上，从此
羊羔离开了母羊的喂乳
而在黑漆漆的夜晚和白天
她跑了三天三夜，才到
这里安家

有一个老妇人，不是现在
不是过去，更不是将来

①彝语，指四川冕宁县拖乌乡。

无知的孙儿，无知地吃了半夏
她拿火灰兑了水给他喝下
孙儿从此变清醒
而她的宽容呵，让孙儿
时刻铭记着
拖乌瓦勒涧是她的故乡

总是躲开我，我的眼睛
拖乌瓦勒涧，美丽的地方
生长先进与落后的地方

扯羊拉达

像一位老人，又像一位年轻人
在108国道转弯处
向我微笑，向我致礼
扯羊拉达呵，我在许久以后才触摸你
触摸一段历史
触摸一句家谱
像历史中的妻离子散和家破人亡
像家谱中的背井离乡和
在异地生根发芽

我在许久以后才触摸你
像你木门的皱纹
皱纹下的崭新故事
又像触摸你的欢声和笑语
你千万别走开
千万要和我悉心摆谈
谈你这么多年来每一个人
与你是如何相守，却又像
水蒸气一样离开你

我在许久以后才触摸你
触摸到了你的心跳
我看见了，你的心跳
成片的花椒林里姑娘小伙眉来眼去
成堆的苞谷掷地有声的嬉闹
扯羊拉达呵，我看见了

冬天你的新娘乔装打扮走向了远方
春天你的小伙迎亲走进了你的怀抱

像一位老人，又像一位年轻人
在108国道转弯处
我给你微笑，我给你致礼
扯羊拉达呵，我在许久以后
才触摸你
触摸一段历史
触摸一句家谱

祖辈

我是你们的孩子吗？祖辈
我连你们说话的声音都听不懂了
一句句，在那边
在历史的层面那边，隔着玻璃一样
在那边嗫嚅，那边高声说话
我却一句话都听不懂了
像送魂经的超度，像毕摩的诵经声
毕摩做的法事

我是你们的孩子吗？祖辈
我连穿衣服都没有你们穿时的
那样灵动，那样自在
从头到脚，我现在穿的
是异装。到死的那一天
那天早晨、中午、傍晚或子夜
他们给不给我穿彝装
给我穿上可以见得你们的彝装
那只有天晓得，地知道

我是你们的孩子吗？祖辈
无论做不做超度
也无论穿不穿彝装
但是，现在你们看见
我在用彝语交流，我在穿着异装
我在用彝语交流
在用彝语摆谈生命的得失

在用彝语健谈爱恨的取舍

我是你们的孩子吗？祖辈
其他什么东西都可以同化
就比如说行动或语言
只是你们，我的祖辈啊
我的那一颗心
历尽沧桑，历尽风雨
无论怎么样的沧桑巨变
都还有一颗心在跳动
为你的将来，为你的
雄鹰展翅飞翔
猛虎跳跃，巨龙飞腾

赶羊的人

在天地广袤的边缘
在天地相连的地方
羊群滚动，踩疼
空旷无尽
寂寥无边

在高天的眼皮底下
在大地的鼻梁上
朔风裹紧披毡
树林在远方
山岗在远方

太阳没有露出脸来
月亮还在襁褓里熟睡
天地之间。他们
是否分离
是否相聚

羊啊，总有一天
是一颗颗心灵或泪珠
一张张似曾相识的
面孔，在天地之间
觉察着剧忧伤
觉察着孤独

成熟的荞麦

成熟的荞麦　成熟的荞麦
经受女人的抚摩
粒粒饱满的籽儿
多么惬意
一如孩子们的头
被抚摩
被爱情

成熟的荞麦　成熟的荞麦
在营养不良的高山
其他作物无法生长
荞籽儿尽兴发育
像孩子们的眸子
亮闪闪
闪亮亮

成熟的荞麦　成熟的荞麦
被刈割在荒野
待到秋后，尽数回家
踏上朦胧的山径
待到那时，一棵棵荞
便是一个彝人的身影了
几多欢笑
几多痛苦

在阿固脚的街子上

阿固脚·回龙的街上

阿固脚的街上有彝人也有汉人
阿固脚却是很小很小的一条街
要逛遍整条街用不上十分钟

汉人与其他地方的汉人不一样
因为太多了彝人的原因
很多东西就像彝人，只保留点汉话

彝人也与其他地方的彝人不一样
因为太多了汉人的原因
很多东西也就像汉人，只保留点彝话

彝人在忙碌一天之后坐下来休息
一坐下来就是半天，他们天南海北地吹
三五成群地喝着转转酒，汉人也是

阿固脚的街子上传闻很多，但是
要数谁家的彝人娶了谁家汉人的姑娘
要数谁家的汉人娶了谁家的彝人姑娘
这一条条是最具有震撼力的事

阿固脚是彝人的称呼法，汉人称呼法却是
回龙，但是这个地方，对于称呼来说
汉人也听得懂彝人的称呼
彝人也听得懂汉人的称呼

我在这条街子上逗留了很久很久
也许是一生，也许是一世
我看着这些人都一样的可爱

父亲与我对脚睡觉

我的父亲哟，是我的父亲
在夜深人静的时候
父亲跟我对脚睡觉，在阿固脚的一个屋内
父亲喝醉酒了
听着他时高时低的呼噜声
我却怎么也睡不着

我知道他的父亲就葬在这片天空下的山中
他的母亲葬在离这里挺远的
就翻过那座大山的那片土地上
他喝醉酒了，他的话听起来像是在胡言乱语
他喝醉酒了，他却说得一本正经很一本正经
他在说：是葬在他父亲这里好呢？
他还说：还是葬在他母亲身边好呢？

一个是在山的这边
一个又是在山的那边
他的父亲和母亲。诚如像我们一样
我和父亲一样，虽然住在同一车铺里
但是各自睡在一边，对脚睡觉
我小时候躺在他的怀抱，长大了
我和他无论如何也不能并起睡下
这让我伤感，在阿固脚的一个屋内

他势将老去了，我正年轻啊
因此，我们是在走一条相反的路线

除了我们都是彝人，除了我是他的儿子
除了他是我的父亲。在阿固脚的一个屋内
啊，俗话说：隔了房子就是家门
与别个家门是完全一样的了
我在做着比别人还多的是孝敬父母
我是无能为力的，除此之外

我的父亲哟，是我的父亲
父亲跟我对脚睡觉，在阿固脚的一个屋内
在夜深人静的时候
我想了很多，很多……比如想死亡和生存
比如想来和去，比如想爱与恨……
父亲喝醉酒，睡觉了
他只管放任他时高时低的呼噜声
明天，我要告诉他我一个晚上都没睡着觉

几勒吉巴

我不知道是哪个地方了
但我清楚地记得那个地方的名字
就是这个地方啊，几勒吉巴，他被打死了
死亡在梦幻与现实间，可你在哪里？！

在白天也像黑夜的日子里
他被打死了，一颗熟悉的子弹穿透他的胸膛
而不是陌生的。在很久以前，在兵荒马乱的
年代。就在你这里
在你那里啊

在黑夜也如白天一样平和的日子里
他被打死了，留下许多的遗憾
滋生许多的可能，像针尖一样使人
难以入眠。他是我的亲亲的爷爷吗？
他是我的亲爷爷啊

我终于知道那个地方了，阿固脚
在你的天空下，在你的大地上
但我却不敢认领了，阿固脚啊

就是这个几勒吉巴，我知道你在哪里！
我在说：记住任何地方都不要记住你
思念任何地方都不要思念你
像针尖一样刺疼的你，在阿固脚
在我的心里，在我的梦里

诉诺勒拖·火葬地

从阿固脚抬头望一望
就能够见到它了
它在森林的腹地，它在河谷的坡上

啊，我仿若看见
昨天，还在昨天，一帮彝人
一个个整妆祭奠这个彝人
而这个彝人，却连一个亲人都没有

啊，我仿若看见
今天，就在今天，一帮彝人
开口对我说：那就是你的爷爷的火葬地
不要去到那里，去了什么都没留下

从阿固脚抬头望一望，就能够见到它了
我听话没有去。我终于也晓得了
爷爷的火葬地

啊，谁叫他生的时候
是那么地受人尊敬，和蔼可亲
像公鸡像猎狗像骏马
像生在众人的眼睛中

啊，谁叫他死了以后
还是那么地受人尊敬，难以忘怀
像雄鹰像猛虎像巨龙

像活在众人的心目中

啊，我心满意足了，从阿固脚抬头
望一望，就能够见到它了
在森林的腹地，在河谷坡上

梦

梦啊，梦，你是什么样子呢？！
从昨天到今天，又从今天到明天

一个人，要活着就是一口气而已
像太阴与太阳一样相互生存

一个人，要活着就是骨气而已
像出生与死亡一样相互依赖

梦啊，梦，你是什么样子呢？！
我清楚地记得，你是始终半遮半掩

我只知道，很凶的斑斓虎豹也将老去
我还知道，弱不禁风的虫儿也将死去

然而很多事情，事实上就是过眼云烟
足可聊以自慰的是你在人们的记忆中

梦啊，梦，你是什么样子呢？！
你的面纱我好想把它揭开，我能行吗？

我只一味地知道，迎接我的有很多个彝人
在阿固脚的街上，给我送行的也有很多个

很像我的父亲，行为和语言都一样
不像我的父亲，阳光和月色不一样

梦啊，梦，那就是你的样子么？！

人生如梦，人生果真如梦么？

火塘·灵性的火把

在壅火的时候就要敞开
在困难的时候就要快乐
在生的时候就注定死亡
你想过了吗？你想过

在数千个漆黑的夜晚
谁把火把点燃并且奔跑
我？我们？！不仅仅是黑夜
在白天依然点着火把狂奔

火塘，灵性的火把啊，在阿固脚的街上
在木屋里，在火塘边，在篝火周围
我们依然如故，如故地跳起达体舞[1]
伴随着轻音乐，伴随着月琴、口弦……

火塘是神圣不可侵犯的
火把却是不能熄灭的啊。火塘在火把的
燃烧中喃喃地笑着，噼啪作响地
火把在火塘的襁褓中自由自在

啊，我想过了，我想过
在壅火的时候就要敞开
在困难的时候就要快乐
在生的时候就注定死亡

①达体舞，凉山彝族自治州的彝族舞蹈。

异样的蠢动

一只白鸟

一只美丽得耀眼的白鸟
它来自一个久远的故事
我们称它为吉姆，事实上是鹦鹉
它会吐血丝，它啊，不是别人
是毕摩阿苏拉则
是阿苏拉则过世后灵魂变的

拉则格初，就是阿苏拉则的儿子
在树叶上吐丝，在传授经文给他
那是一只美丽得耀眼的白鸟
在森林腹地
在人迹罕至的处所
拉则格初啊，越来越聪明了

愚钝变为聪明的人了，拉则格初
学了经文以后
学了彝文以后
我为这个故事而激动而流泪
像对待很多事物一样
只是无言还无语，俨然是哑巴
心里有话，不要说出不愿说出

那一只美丽得耀眼的白鸟
默默地承受，默默地呢喃
像一个高明的毕摩在念经书
外面的世界不是我们的世界了

内心的世界在经受最痛苦的煎熬
白鸟知道，白鸟晓得
白鸟不知道，不晓得

世道在变了，人心也在变了
有一股流淌的河流，清凉凉地
从我们的头顶上流过
说什么万变不离其宗
说什么毅然不动都是假的
只剩下躺在河底的我们轻轻呻吟

我们是怀着无比激动的心情去保护
去拆散、重组，甚至会遗弃。有那么
一天，有一个人，在我们的头颅走过
看见我们在河底的轻轻呻吟，于是
他去喂食物，面对美丽得耀眼的白鸟
美丽得耀眼的白鸟幻化成为他所要的
东西。而这个人，谁都认不得他啊

恻隐

我被口水噎到了，这是为什么？
是注定要有无关的人请客吃饭
我做梦做到了，亲爱的，梦见
我们朝相反的方向走的
它注定我们两个心心相印，梦是
反的。所以，我极度地想你咯

你看没看见？他们一个二个
在娃儿手头抢饭吃，一个二个的
他们分明看见娃儿就只剩下这一点
口粮了，他们抢了口粮
可不准说与娃儿的大人听
冠冕堂皇地不要娃儿做自己的事情

我实在看不下去了啊，这个娃儿与我
有亲戚关系，至少是我们的祖辈
在一起的。我又能做什么呢？什么也
不行。一条路接着一条路
条条的道路都给他们堵死
我啊，真是发疯也就没有办法发的咯

乌烟瘴气，还是乌烟瘴气，在他们的
口中竟成让生命可以发展的园地
事实上，他的大人可管不了那么多
他都泥菩萨过河——自身难保
在空前拥挤的年代，发发慈悲和恻隐

在远离了硝烟弥漫追求和平的时光

啊，他的大人，老态龙钟极其老了
任何东西，只有心有余而力不足了
啊，想去想来，亲爱的，我要把我
和我的儿子左耳耳坠上穿一个洞，戴上
彝族的蜜蜡珠珠，为了坚守与骚动啊
招摇过市，那必定是心心相印
儿子是属于未来的啊，未来的风雨兼程

达力阿宗[1]

达力阿宗啊，骑着高头大马，它是谁呀，它是达力阿宗啊，一首首民歌，高亢婉转抒情悲壮的。

——彝族谚语，即意译。

达力阿宗骑着花脚的骏马。

——彝族谚语，即直译。

我看见你骑在骏马上，达力阿宗啊
真真切切，可是，他们说你不骑马的
冰冷的天气，三伏天还这样冷
我知道，你是每个彝族人你都愿意结交
你弹着月琴，你拨弄着口弦
你的声音高亢而婉转，实在又空灵
人世间的所有你都有
可是你总觉着缺少了什么一样

我知道，每个彝族人都欢迎你的啊
真真切切，可是你总觉着缺少了什么一样
酷热的夏日，你依然在骏马背上
弹着月琴，拨弄口弦——达力阿宗啊
依然在高亢而婉转、空灵而又实在的
唱着歌谣。你撒一路的风尘
一路的人们在你的歌声中静听和舞蹈

可是，可是你总觉着差什么的一样

---

①达力阿宗，彝族一种民间唱调，其调式高亢婉转、抒情悲壮而具有鼓动性。

骏马所到之处，拿了饲料来喂，达力阿宗
这，你看着。他们都复古他们都讲昨天
的故事。没有了，没有一个是讲明天的事
在高山，在平原，在山谷，在河滩，在森林
你听到的一切，都是让你伤心让你悲哀的
你在焦急地等待一个什么呀

等待一个声音，然后是一个人，再然后
是一群人的出现，在日头在地平线上
他们，可以是男人，是男人就弹着月琴
她们，可以是女人，是女人就拨弄口弦
但是，初升的太阳和作别的夕阳要分清楚
再然后，你就在那儿，奋蹄奔向未来
达力阿宗啊，然后你再唱，你再唱吧

回来

出去了很久很久，我已在
别处安家落户，但是，我依然要
回来，回到大凉山，回到我祖居地
说我的祖居地，我的父亲还是她的儿子
我是我父亲的儿子，我的故乡就是她那里
故乡，是父亲的出生地
家乡，是自己的出生地

她事实上就从来没有离开过我们的
嘴边，心里，或者是灵魂啊，大凉山
顺着家谱的延续，她事实上就是我们的
最后的家园。还要超度，灵魂超度到
木乌那地方，说去说来，木乌是乌蒙山
事实上死了也回来，死了也回去

我许多时候，身处在这样缤纷的世界
显得形只影单，但是，我可以说
大凉山就在金沙江以北，大渡河以南
我可以说，我的家乡雅砻江江畔
也是大凉山的一个山寨。而我选择了
要回来，回到大凉山的怀抱中去

舍弃了很多现实的可能性地飞黄腾达
大凉山，你的儿子又回到你的怀抱中了
所有的亲戚好像认不到我了，但是
所有的山岗所有的河流所有的云雾……

在向我召唤。大凉山，你是充满着激情
永远啊。在你认识我之前我就认识了你

在你的怀抱中，大凉山，我有了女儿
有了儿子。但，女儿却一直都是别人的
我的儿子，只是儿子和我相依为命
我在寻找，我找着了我要要的东西
我却失去了很多很多，患得患失
我却从来就不后悔，后悔是什么啊

冥冥中，我见到了古代的文化的大毕摩
现实中，我却是看到了人与人在相互争斗
啊，相互争斗也是好事，有了争斗才有发展
我却一直保持着沉默，在沉默中寻找
大凉山啊，大凉山，你说过保持沉默是
最好也是最高的境界啊。在沉默中爆发

回来，回到大凉山的腹心地带了，我在
大凉山的一个山寨安家落户了
大凉山啊大凉山，这个你是知道的，这个
整个世界也是知道的。我仿如一个乞讨者
要知道，我给我的儿孙的是这样说的。我又
仿如充实者，我想我永远走着灵魂也就心安了

松香

妈妈，我的阿嫫，今天是属猴的日子
我该干什么？我不知道，我却又知道
我用心灵去炒熟了荞麦籽粒
淡定在我的心里，自怨自艾也是我的心灵
我在朝着日出的方向
抛洒我炒出来的荞粒
说，走得了，你走得了——
我是一贫如洗，没有多少敬供你的

妈妈，我的阿嫫，今天是属虎的日子
我要去做什么？我不知道，我却又知道
我用心灵去炒熟了燕麦籽粒
自怨自艾在我的心里，淡定在我的心里
我在朝着日落的方向
抛洒我炒出来的燕麦
说的也一样，他，或是她走了
谁都知道，我一贫如洗，我只有这些话语

他啊，我不知道他是谁
她啊，我也不晓得她了
但是，他们或许跟我是不是同类人
压根就使我得了这场病，病恹恹地
还开花。我淡定，我自怨自艾啊
或许要出现一个国度
或许要呈现一条律法
反正是他们，他们压得我使我透不出气来

妈妈，我的阿嫫，今天是个好日子
或许是松香，或许是麝香，也或许是心灵
总之，他们走了我才得以轻松度日
总之，他们走了，像一溜烟一样消失
我只有横吹竖吹了竹笛，竹笛呀
太多了忧郁，太多了忧伤
我的肉体，甚至我的灵魂我的骨头
都透着竹笛的气息，竹笛啊，要带我消逝

妈妈，我的阿嫫，今天是个好日子
可是，我怎么也高兴不起来
我的思想在几千年前就有了的
我的情感再过几千年也不会改变
现在，我要去把我的卫生间修好了
卫生间，所有的管道也都是好的
可它浸水。我不知道，这水是来自哪里的
妈妈，你说的是该修理了！行，我听你的

活着

时下，有着“我是谁，我到哪里去……”的文学思潮，但我认为我还活着，活着才是真的，最起码可以思索……

——题记

活着

阿嫫[1]走了
阿达[2]走了
但，我和孩子们
还活着

阿嫫，带走的是七层木梯
阿达，带走的是九层木梯
但妻子，和兄弟们
还活着

阿嫫走得太突然
阿达，可是对生命极度留恋
但，世界没有因之
哪怕时间都没有停留

阿嫫走了
阿达走了
但，我和孩子们仍旧活着
事实上，很简单，活着

点上两把火把和粗糙的筷子
筷子：山乡的一根柴棍，穿过荞粑粑的
心脏。他们走了，阿嫫走了

①彝语，母亲。
②彝语，父亲。

他们走了，阿达走了

毕摩[1]的诵经声撒出了荞粒
什都瓦拉[2]接住，快，像忍着泪痕
好像无父母，尽管我有着兄弟姊妹
阿嫫走了
阿达走了

阿嫫和阿达才隔了一月就走了
缘此，他们是相互多么的恩爱
恩爱如阿嫫的岁数，六十六岁
恩爱像阿达的岁数，六十八岁
就不管我们了，他们走了

我、我们与他们之间
相隔是灵与肉的关系，我绝对相信
他们在庇佑我们的
像我在敬香，一杯高台上的敬酒
阿嫫啊，阿达啊

我与妻子，与儿女们
我们一定要相亲相爱
含着眼泪，尽管我语无伦次地说出
我们活着，但阿嫫走了
我们活着，但阿达走了

①彝语，是指经师。
②彝族特有的纯毛服饰，一种说法是擦尔瓦，但不确切。

心声

我在尽量地，深层次劈开
我的心脏，以致我的肉体
它就是那么平凡又平凡的
不足挂齿，就连死了
也无人问津的

却有着梦想，像有着流言蜚语
在我的身边发生，甚至
进入了我的骨髓
我逃避，我无处逃避
却也无处可逃

砸了骨头，连着筋
这就是现实，就是社会
想逃避是不可能的了
我只有小心翼翼，像走在山路
狭窄而又盼望见着天日的

各有所好，像我独辟蹊径
在寂寞的路上奔波
说我傻的人也有
说我聪明的人也有
却是捂不住我的色彩，这就是心声

节奏

还记得那个顽皮的小孩吗——
我曾经记得，像我自己一样
和别人没有关系，一丝丝的关系
都没有。一如我
除了顽皮还是顽皮
顽皮，但是不捣蛋
顽皮，但是不脱缰

你肯定记得那个顽皮的小孩的
他曾经不知道天高地厚
他纯粹是瞎闹，却有着一点点的可爱
说穿了，他不是循规蹈矩的人
今天早晨，现在已到了黄昏
今天他走了，真有点舍家独行的味道
但，你们懂得了他吗？我确实不懂

我肯定就是那个顽皮的小孩，但我已老
羊皮鼓在天边擂响，却不为他了
经书已经翻过了篇。他说，他没有说出半个字
他有的是行动。一如
我在回想山村里日落回声
我在梦想，尽管已不属于做梦的年龄
山乡的节奏。四平八稳的，又
潮起潮落的——激动人心地开始了又结束

审视

我寻找痛苦，苦苦地寻觅
我不在乎别人是怎样看我的
很多年来，我一直在寻找的路上
亲戚也没有看见，痛苦的模样
家门更是无知地，痛苦的声音
他们不为所动，连一点点苦酒也没有倒上
更不用说心甘情愿地挪一挪身姿

我寻找欢乐，真正的快乐
我不在乎别人是怎么看我的
等待很久，却难以见到真容
牛羊也无所事事地悠闲地吃草
空中的雄鹰已经不再理我
他们好像与我无关的，连投影都没有投到我
身上。哪怕一丝丝儿的影子

我只有审视自己。自己的手脚
却不像手脚，眼睛也不像……
哦，看久了，就不像什么了……
欢乐和痛苦终于如是到来，像格非①
阴阳人，或者童男和童女
把我蹂躏得吐血，他们就安心了
我拿着所吐血丝在四处奔波，像毕阿苏拉则②

①彝语，彝族传说中一个神灵，有点像运气等之类。

②毕，即毕摩。阿苏拉则：古代一个毕摩、我的母亲家，即吉克惹史（姓氏吉克的七个儿子）家是他的传人。相传他死了以后，化作一只白鸟在树叶上写古彝文字以教授他有点傻的儿子。

疼痛

许多年前，我还是一个孩童时
看见别人说和写出疼痛，那时的
我——懵懵懂懂，似懂非懂
我只知道一天，想自己的事情做自己的事

很多年后，当我已经半老了
突然我想说和想写疼痛，如今的
我——还是不知所以，为所欲为
我还是想，做自己事情做做自己的

直到有一天，梦把我惊醒了，啊呀
梦境和现实差距在哪里？我明明搁在
枕头边的，它像一根看不见的细绳。没有疼痛
就没有发展啊……我想起这些就乐了

回归

走吧，走吧，像一股风
吹到哪里，就哪里安家，用不着
想念那些琐碎事情
他们说美丽如诗
他们讲风景如画
但是啊，这些你都可以不相信

走吧，走吧，像一片雨
冬天可以像雪花。你到哪里
就到哪里去辉煌。放下
一碗水也可以说成是一杯水
一堵墙也可以说是高过了头
但是啊，这些你都不离不弃

走吧，走吧，最是秋天的霜
或夏天的露珠，见到太阳晶莹剔透
见到太阳害羞得收起微笑
在寂寞的清晨
在热闹的黄昏
但是啊，这些你都可以熟视无睹

走吧，走吧，到地平线的尽头
或开始。你不要相信含了蜜的话语
你也不要相信吃了豹子胆的吼声
你只消大抬步啊，就像生与死的瞬间
你拂去脸上的汗珠。像背负平凡的网兜
祖传的。但是，所有的你应该记住

假的

昨天是真实又真实的梦，想起那些
真实存在过，而今
只有回忆来支撑着的往事
难免让人泪眼朦胧，伤伤心心
甚至有着说不出来的感觉
我在梦里还做过梦呐，真的
梦想着，看别人的脸色我也做过
梦想着，也一味地不管别人的感受

明天是真实又真实的也是梦，想起啊
真实地莅临，而今
只有凭着展望来看，心潮澎湃
难免使人想起就眯缝起一丝丝微笑
难以压抑激动地如醉如痴
然而，我的心情冷如冰霜
看啊，这个人要做什么
看啊，那个人做些什么

今天啊、现在，就是现在，真实存在的
像我要为儿子做饭，为女儿
牵挂。为妻子寤寐思服
还好，有着仇人的玩笑，跨过生的边缘
还好，有着亲人的记恨，涉足死的危险
所有的到此了、到此，像作别浮想联翩
它有着云翳，有着一只眼睛在注视着我
把真事说成是假的，假事说成真的

等待

美梦和平常的梦，渐行渐远
我在高处呼唤。在低处寻找
不准动摇，也就是不准摇头晃脑
却也无法，把那些
寒冬孤独的影子驱散
酷暑骄阳的烈日收拢
有的只是华而不实的言语，没有
实在的东西。虽然，许多时候我以此为荣

我在低处找寻，我在高处呼喊
高高地，低低地。甚至可以达到
神灵的世界去畅游
鬼怪的境地去游荡
美梦和平常的梦都不在了。至少是在
岌岌可危。牛羊肥壮了但不是我们的
赡养牛羊的当然不是我们
有的是我们滴血的心脏，还在跳动

渐行渐远的，不是省吃俭用能够换来的
渐行渐远的，不是任劳任怨能够换来的
渐行渐远的，不是投机倒把能够换来的
渐行渐远的，足以让人信赖的五体投地
蜜蜂忙了一个季度，诚如牛儿吃了一辈子的草
……与世无争啊，骨子里面的疏松
……不是我的错，也不是众人的错
像白天与黑夜一样清晰明了

美梦和平常的梦，依次绽开又很快收拢
美梦翩翩如仙，平常的梦像生活一样
平淡无味，油盐酱醋。但，我在高处呼喊
我在低处低低地低低地寻觅。转眼间
一梦惊醒。我错了，众人也错了
它在那云朵间妩媚，不可污秽的
它在众生的谈吐中，不可指正的
我也就心安理得了，我也就赔着笑

黑夜来了

一

布谷鸟在传说：黑夜来了
连猫头鹰也在传说着，仿佛与自己
是无关紧要的：黑夜来了，黑夜来了
奔走啊奔走相告，直激得人心沸沸腾腾

仿如黑夜是个很古老的酋长
它们也这样宣告，活像叽叽喳喳的麻雀
诚如说一个风烛残年的平民
它们还是这样宣告，活像永远沉默的江河

黑夜啊，事实上黑夜出生高贵
出生也低贱。你不见它黝黑的脸庞发着光的？
连着额头，连骨头也是黑的。可是，它的
落地下贱，这也掩饰不了祖先给它的荣光

二

黑夜来了，紧接着跟了黑夜与黑夜
一串串一群群。只把白昼的喧嚣告一个段落
这也难怪，谁叫白昼嘈杂喧闹
谁叫白昼还有着清晨与黄昏之分的……

可是，黑夜一样没有划分得那么细
但是，白昼的这种多少是黑夜造成的

黑夜之后是黎明，那是老生常谈的话题
黑夜在做着最后的努力，努力的结果

结果：天知道，地晓得
黑夜只管枯木逢春：诚如出去了又回来了
黑夜，要说黑夜不应该那么的垄断
除此，黑夜与白昼相安无事

三

布谷鸟晓得，猫头鹰更是知道
古老的传统，现代的对话。如今仿如黑夜
与白昼相互不关己的样子？什么样的黑夜
孕育出什么样的白昼，上下几千年
上下几千年，诚如我们的年节都不统一

黑夜来了，毕摩只顾经书中埋头苦读
黑夜来了，苏涅只顾响彻云间的鼓声
没有谁在意这一刻的变化，就在黑夜来临的
时候。我啊，事实上不关我的事
末了，又是我在说

奇迹

儿子，假如哪一天死了，我死了
你要在我的火葬地把我的头颅
高高地抬起，向东方，实在不行东南方
我的生辰八字在东南方，东南方
一轮火热的太阳就会升起
湿漉漉的，他的辉煌尽在屋里屋外

女儿，假如哪一天死了，我死了
你在两簇篝火之间泪水涟涟
你不要忘了那弯新月
古时的新月、现代的新月都一样的
只是心情不一样而已。而你们要开心
火辣辣的，一改往日的冰冷

愿，我想着奇迹在你们身上发生
一如我在白昼与黑夜真正的融合
一如旧的不去新的不来啊
很自然的。像雨后春笋发生一茬又一茬
随我都消失，连同不公正
不要忘了我的骨灰撒向山野

儿子啊，你会传承有我的身上延续的家谱
女儿啊，你要继续为着异姓的人员服好务
家门与亲戚啊，有着俨然区分如微妙的水火
我在杉树林里注视你们
我在一簇簇竹林庇佑你们

雨天你们有了劳动，晴天你们拥有微笑

像我，有着叛逆的愿望，并付之行动
像我，有着延续的愿望，并光明潜行
奇迹啊，奇迹。还有山野、森林……
最要紧的是河流，最要紧是岩石，还有青松
我在学舌：“你们不要有害人之心”
我还在学舌：“你们啊你们要防人啊”

还没有说尽说透彻的
音乐响起了，我该启程了
只因为还有没有说尽说透彻的
它太像我脸上的黑痣
从我生下来就有的
是不得不说的时候了
是不能不讲的时辰了

推开云翳，甩开羁绊，合着音乐
我要说，我正襟危坐着说
我要讲，我亭亭玉立地讲
我呀我对什么都满足
比如说是伟大的
比如说是渺小的

我对事物，我对梦幻，我对梦幻中的人
我要说，别人听也我要说
我要说，只有我是我的听众我也要说
我呀我对什么事物都满足
满足就快乐，满足就高兴
一丝丝一点点

除此之外，我对任何事物都满怀感恩
感谢我来到这个世界
感谢我有那么的梦幻
感谢兄弟姊妹，感谢父母，感谢所有的人
在我的生命中和生命之外的人
我的生命一直极其的渺小
我的生命

像睁眼和闭眼之间，世界是多么的孱弱
我的启程，包括音乐。在半路上消失了
只留下满足和感恩
在陪伴着我。我知道，所有都会结束
和开始。诚如我说没有说尽说透彻的
闭上眼睛了，我会看见世界
眼睛睁开了，我会望见世界

汉嘎[1]

她来当我的妻子，我欢迎
她哟，从小就生活在我的周围
我们可以算作是青梅竹马的了
我的梦里，我的现实里

我娶了一个汉嘎媳妇，真的

你看她，又在给我织毛衣了
听见我在说我冷得很了的时候
我的情人，我的爱人
母亲给我的是我的身体
她给我的是我的灵魂

我娶了一个汉嘎媳妇，真的

在我受到落难的时候
她又来给我把我的伤口抚平
我受到内讧，正当在生死存亡的路口徘徊
是她啊，给了我重新做梦
给我重铺设了道路，燃起生命的灯

我娶了一个汉嘎媳妇，真的

我怎么就不应该百倍的珍爱她哟

①汉嘎，彝语，指汉族。

我相信我会给她以百倍的热爱
一如我从小就是受到的汉文熏陶
她是汉族，但是她在我们家
行走自如，完全是自己的家一样

我娶了一个汉嘎媳妇，真的

虽然说的话，我母亲听不懂
但是做的事，我母亲却看得到
我母亲在说：孩子，你，前世修来的福
这个，从我看见的这件事来说
我看她爱你是当真的。我有什么不同意？

我娶了一个汉嘎媳妇，真的

我什么都清楚，什么都清楚！她哟
啊，她在说着汉语她爱我，一如我在说着
啊，说着彝语在爱她。我们一起求知求全
生命的灯，照亮她和我的世界
我们合二为一了！在我的生命中

我娶了一个汉嘎媳妇，真的

只留下我们的爱情结晶，在这个世上
发扬光大。一如我爱她到死——
爱人啊，你是一种虚无，虚无的你啊
爱人啊，你又是真实的，真实的你啊
拥有你，整个世界都在我的掌握之中

我的房子装满了爱情

我的房子，极其简陋
只有不足六十五平方米
可是，就在这个陋室里
让充满了爱情
她充满了爱情

这爱情啊，来自我兄弟的身上
这爱情啊，来自我自己的身上
这爱情啊，来自我的最亲密的朋友的身上
这爱情啊，来自我的仇人化解为朋友身上

今晨，我起来了
昨晚，我睡下了
我的起居都笼罩在了浓浓的情谊里了
爱情啊，你完全把我笼罩住了

我的人儿哟，你在现实中和梦境中走来
你撒下一路的花瓣
你头顶着阳光款款走来
你抓住了一把月光
啊，月光，月光的身影是你的身影么？

你是汉族，但是汉族的你还了解我的心啊
我在这个不足六十五平方米的房子里等你
我在乡下等你，你在城市里等我
满意意地等待我们来揭开锅

我的房子，不足六十五平方米的啊
我相信有你在这个六十五平方米
它会升高的
我们一起顶风冒雨。相信
我的房子充满了爱情

众神的秘语（节选）

上升吧，从地平线上升……我们是万物有神的子民。
就把我们特别点出来说一些话
我们想对子孙说一句真心话，记住真话。
在太阳就是神灯地普照下……
然后，就下落……一直下，直至民间

——题记

黄昏的暮色还在加剧变浓。众神会聚，无有尊卑之见，没有贵贱之别。和睦的气氛散发着祥瑞的霞光。争论而没有龃龉，随意自然而没有群龙无首，谈天说地而没有有失主题。

恩体古兹（天神）

众位爱神，众位爱仙
天地轮回，日月交辉
想我辈在这仙景石姆姆哈
坐享万物，唯我独尊
慵懒无度，还得永生
我辈神氏，回想当初
个个人间凡裔俗子，原本
个个英勇勤劳，人人丰功伟绩
英勇勤劳促使我辈出神入化
丰功伟绩砌搭得以登仙之梯
到如今，已是个个体面
到如今，一切却到了头
安逸享乐潜伏危机与日良久
而且无可挽回之势与日俱增
坐吃山空，不辩的事实终成定局

众位爱神，众位爱仙
不忙惊慌，也不要无动于衷
鱼儿不跳跃岂能喝得到水？
蜜蜂不忙碌何以采到甜蜜？
这样的道理，毋庸讳言
简单，简单又简单不过
就像呼吸与思考那么平常
就像吃饭与穿衣那么平淡
然而，正是这个平常与平淡
我辈举座尽晓，心明灵知

我辈却无人注意，只是更多着忽略
到如今，我辈也要面对强敌
无可阻挡的强敌——死亡
已在前来取消我辈得以自慰的永生
石姆姆哈也将和我辈一同猝然消失
神的荣光从此散失能量
神灯耗尽燃油，黑暗混沌笼罩四野

众位爱神，众位爱仙
真可谓大难临头
真可谓措手不及
一任死亡的魔爪步步逼近
也终显无能为力
到如今，解绳还得靠系绳人
到如今，真该思算再三的时候了
慵懒导致堕落，堕落招惹死亡
死亡降撒灾难和恐惧的天网
灰飞烟灭的，其实倒也并不可怕
倒是沉湎于过去的算不上真正的英雄
过去的荣光实在早已不值留恋
过去的辉煌实在只是梦里的幸福
难以得手，也永远不再回来
死亡虽然来临，但是恭请诸位细想
真正的敌人绝不是死亡
真正的敌人是我辈自己
警醒吧！世上最难办的事
莫过于自己认不认识自己
商议吧！总不能坐以待毙
无须高谈阔论，只要一点点的醒悟

黄昏里猛烈的骚动稍有平静，众神个个面面相觑、瞠目结舌。末了，唏嘘之声俨然传自一个热闹的蜂箱。

杜木惹牛（地神）

宽敞的大地终有尽头
生命的诞生必有终结
种子发芽，为的开花结果的辉煌与价值
黄叶飘零虽有凋零，但更多着欣慰
不为了什么，仅仅因为
已在开花结果中展示过了
生命的辉煌与价值

为什么一定要苛求
又为什么一定害怕
有了沉睡
就有了苏醒
有了光明
就有黑暗
平常不过的，不仅仅是
万物轮回的规律
谁能回避？！难道是我辈神灵？！

晴空挡不住风雨肆虐猖狂
生命挡不住死亡随欲蹂躏
一语中的的明鉴
令我辈应该在意
找回平凡，唯有此路才是洁白
左边妖魔，道路黢黑
右边鬼怪，道路红黄
妖魔鬼怪绝对没有平凡心

妖魔鬼怪惧怕的也是平凡

平凡就是种子发芽开花结果
平凡不会好高骛远，平凡好
平凡不会贪得无厌，平凡好
平凡使人常有一颗自明的心灵
平凡使人百倍珍爱现实的客观
而我辈神灵，供人尊崇
居高自傲，桀骜不驯
自食其果也就自有应得

黄昏里短暂的骚动在顷刻间停止，黄昏里鸦雀无声静得出奇，静得连呼吸轻微的韵律也清晰可闻。如果谁丢下一根绣花针，在此时也必定震耳欲聋。

吉智·支格阿尔（英雄神）

这是什么样的时光与年代
又是什么样的陈旧与新鲜
让我越来越透彻地感悟到
英雄的时代又要来临
千年的岩石就要淌流浓血
沉寂的河水又要汹涌猛涨
多少人必将倒下
多少人必将站立
空前绝后的天翻地覆
承前启后的继往开来
但我同样感到
已经没有最初的无度
英雄再也得不到
桂冠的封赏
英雄也不再神圣
而是平常的躯体
以及平常的牺牲
在恻隐中能够思索、反省与断定的是
英雄固然应该，而且必须出现和存在
但英雄也必须平凡
平凡也就有血有肉
而且也才能坚强而真实地鲜活
回想我辈的前科
要该引以为戒啊
神圣的英雄只能辉煌在舌尖上
荣光虽在冠冕堂皇地被传诵着

可是，谁也望而生畏
谁也兴叹英雄不可企及
英雄在被膜拜
英雄却被疏远
这个时光和年代
虽然已经经历过了数千载
亘古苍莽生命代代在轮回
可就是因了此。因了此
才这样循规蹈矩
才这样墨守成规
导致了愚昧
导致了落后
不能了，再也不能这样下去了
死气沉沉，毫无生气

黄昏里，随着暮色的加剧变浓，神灯被点燃，孱弱的焰苗才刚刚抖动。在神灯渐亮的光芒中，众神的音容渐次分明。

伙叶迪古（忠诚勇士神）

活生生的生命，活生生的生命
相互间正在失去信任
甚至弱肉强食
个个各怀鬼胎
漂亮的谎言得到赏识
忠言逆耳受尽了凌辱
道德正在沦陷
忠诚善良褪色
却说什么？！全都是
我辈神氏在冥冥中的指使
弥天的大谎，正
面不改色心不跳地
牵扯到我辈的头上

活生生的生命，活生生的生命
无论如何，也必定自己
无法看到颈后的痣
就算谁站在谁的面前
也永远只能看清一面
我们的神灯，普天的光明
固然能够让智者心明灵镜
但还有着阴暗，不可忽视地
神灯永远无法照及的阴暗
在那阴暗的处所
看似晴朗的天光
行走却需打着火把

亲生父子，愚昧中
也会互放冷枪伤残

活生生的生命，活生生的生命
在那急剧扩散的阴影中
谁的骨子里都弥漫着傲慢的臭气
谁的血液里都在侵蚀着自高自大
鸡肠小肚的嫉妒小心眼
让阴暗充斥了光天化日下的躯体
人心形如敞放的羊群
没有了头羊难以成群
有了头羊，众角
还个个逞雄
还不择诋毁

活生生的生命，活生生的生命
灵魂失落，行尸走肉与日俱增
灵魂没有来到我辈身边
也不再于肉身依附存在
是否流落荒野坡坎
是否漂泊悬崖河谷
看似庞大的躯体
实乃不堪一击了
巨大的，微小的
灵魂和灵魂的道德、良知、忠诚与自信
召唤与拯救，已迫在眉睫

黄昏里，神灯焰苗越燃越大，火光也越来越亮。

约特斯里（寿星）

想归想，做归做，考虑归考虑
但是，我发觉很多人
在学习我的长生，我那三百六十岁的年龄
我那最长寿的年龄。事实上
我拥有它——我的年龄，我也累啊

他们不知道如何才能够成为真正的长寿
他们不知道有的人只活了很少的岁数
但他的精神永存。有的人，活了一大把年纪
在人们的心目中就如同没有活过一样

这是不争的事实，这是不议的话题
而他们，还说死了就不可动摇的话
连嘴上说说也不行。在这个精神层面上
这是哪儿来的传统，这是哪儿来的现实

想归想，做归做，考虑归考虑
但是，我看见了一些人有异样的念头
他们正如我所希望的那样
他们不学习我的表面现象，只求内心的安慰

只求内心的良心，和强烈的责任感
面对所有的人和事物
这是多么值得大力弘扬的啊

黄昏里，众神屏住呼吸在听约特斯里的话，觉得有什么名堂在里头。真是一根针掉落在地上也是可闻，就像夜空中的轰隆的雷声一样可见。而神灯在嘶嘶地烧着。

吉尼朵子（猎神）

森林，在眼前仍然苍莽
眼前的森林仍然绿浪翻滚
但穿行其间，像在人群中
诱人的芳馨正在失散。而是
什么样的火焰即将吞没森林
看不见的人，正在远方
用火镰在火石上击打着
火草。火草的清香煽动着鼻翼
尽管现在的确
还看不见火焰
和它究竟将在什么地方燃起

猎狗，在身边仍然相随相伴
在身边的猎狗也还机灵
但是，代代繁衍
却在一代不如一代地失去灵敏
和能够准确无误的吠叫
蜷缩在屋檐下
梦魇撕裂惊厥
除了碍手碍脚
必将再无所用

弓箭，在手上还能触摸
颤抖的双手也还可拉弓搭箭
但当嘣响的时候
音韵已不能再让心动

音韵苍老脆弱而乏力
外强中干，表洁内腐
不愿看到的，还得必须面对
那即将一拉即断的
绝对不只是心弦

猎网，麻绳编织的猎网
猎网仍然背在背上
但和獐皮口袋
面临饥饿干渴
荞麦硕大的叶片下颗粒不再殷实饱满
虚弱的燕麦形若山羊的胡须稀疏消瘦
肚腹在充实
心灵也空泛
缺乏思想的肉体
浸在水中的枯木也长不出绿芽
火焰，那即将燃烧起来的火焰
在森林里，必将改变这一切
而且，不仅仅在森林里
却是我辈梦寐的
新生的契机
它的光芒，或许会让我辈从此
睁不开眼。那光芒中含有毁灭
火焰燃烧，却需要着血液
火焰燃烧，无论何时何地
只有闭了眼地观看
看不见的推陈出新
但一定是借助神灯的启发

突然间，神灯的光芒蓬勃喷射，犹如初升的太阳。

古侯曲涅（战神）

古侯
宁愿站着死
决不跪着生
金竹的秉性
属于生命的根本
生命长短不足珍惜
要紧的，要紧的
灵魂是否明朗
灵魂是否坦荡

冗长的家谱
渊源虽流长
灵竹与超度
属于愿望的了却
真假不用探究
要紧的，要紧的
心灵是否真诚
手脚是否舍得

金竹长出地面
心灵藏于肉体
而如今，金竹
如何生长
而如今，人心
那般跳动
金竹与金竹

人心与人心

曲涅

金竹长出地面
棵棵不仅单独站立
各求各的阳光与雨露
各领各的展叶风姿
还孤芳自赏
已很难思及
底部的根簇
盘根相连
血脉相通

心灵藏于肉体
那上姓的神灵
是下氏的妖魔
各敬各的神
各驱各的鬼
水火不相容
尽管同在一个世界
尽管同去一个灵界
也我行我素

金竹长出地面
心灵藏于肉体
列祖列宗
应该尊拜
但隔阂分离
因此自酝自酿
钩心斗角
也在七翘八拱

还在越演越烈

等待多于争取
语言多于行动
河底的沙砾
捏不成了团
天上的鹰鸟
各落各的山头
过河尚需蹚河棍
绝不能再
熟视无睹

神灯亮着。就在这时，远行归来的吉木鸟——那神的使者，披着夜色扑棱棱从门外飞进来。它径直落到神灯旁边，抖抖身子梳羽站立。

格拉斐伊（爱神）

童男（格）（唱）

天下姻缘
我们凑成
地上恩爱
我们黏合
滴水穿裙
无有乱伦
媳尊公
婿敬婆
哥与弟媳礼尚
舅与甥女德高
异祖联姻
姑舅开亲
姻缘美满
恩爱受果

童女（唱）

生儿育女
我们庇护
男阳女阴
我们滋润
种子播下会发芽
甘露倾洒会浸脾
树叶年年换
人子代代传
山与山

云相亲
水与水
鱼说媒
山峻峭
水清秀

童男童女（合唱）

到如今，到如今
人丁兴旺
畜禽发展
世界拥有不老的恩爱
世界也有半途的缘分

到如今，到如今
炊烟袅娜
思绪绵长
世界消磨浪费恩爱
还不知爱究竟何物

到如今，到如今
盲人要重见光明
跛子要翩跹起舞
脉管里还得重新注入新鲜血液
柔软的皮肉得要铮铮铁骨支撑

神灯亮着，吉木鸟静立着。在神灯的光中，吉木鸟七彩的华羽绚丽极致。

五行神（合唱）

想当初：天地初分时，混沌变晴朗
青气上升形成天，天上布星辰
浊气下落积成地，地上布山川
不想云雾黑沉沉，氤氲无生气

想当初：我辈开天辟地，梳理寰宇
引来流水南北纵灌作血液
开启东西天窗放风为精气
火焰升腾时，浓烟滚滚后
降洒红雪，冰水融融，繁育生灵

想当初：天地孕育众生，群星闪烁
日月华光，乾坤增辉
天地相随相伴，万代亘古
阴阳相生相克，千秋万代

想当初：天分阴晴，地分节气
十二属相给予年岁的规律
上弦与下弦给予月份章法
生灵活跃，树记年轮，从此万物有灵

想当初：天下地上，精灵游荡
种类齐全，相安无事，和睦和谐
历史长河，虽显短暂
却也天下地上生机盎然

想当初：昼夜同路，生死起伏
风雨雷电适时运作，神灯不灭，万象不衰
如今变故，的确始料不及
整洁天地，业也不容迟缓

神灯像初升的太阳，光芒万丈。

吉木鸟静立着，仿若全神贯注众神的交谈，又仿若整装待发于神的差遣再一次远翔。精神抖擞，容光焕发。

色色帕尔（酒神）

芸芸众生，芸芸心
堕落与振奋
只在一念之差
清醒与糊涂
只在一杯之间
前进与后退
只是咫尺之遥
易如反掌的
翻手是云，覆手为雨
翻手覆手多么简单啊

芸芸众生，芸芸心
谁又想到？
谁又想过？
大智若愚，难得糊涂
谁又能够做到？
从古至今
牛羊没有够膘时
人心没有满足时

芸芸众生，芸芸心
只重形式，无视内在
知其然，而不知其所以然
装模作样，作古正经
藐视天真
蔑视童贞

寻求老练
抹灭个性
一味求同

芸芸众生，芸芸心
事到如今咎由自取
道路不再没有尽头
海水不再不可斗量
识别欢乐与痛苦
得依心情
牛羊肥瘦还得看
能否过冬

不是酒壮英雄胆，不是盲目
大难临头，却可临危不惧
也还谋计柳暗花明
把酒临风
言行不乱
才思敏捷
芸芸众生，芸芸心
方为俊杰

门外，夜色苍茫。繁星闪烁着各自的光亮，远山近壑在苍穹下暗影兀立、朦胧婆娑。屋内，神灯亮着，吉木鸟静立着。

牧尔牧色（自然神）

索玛花开在山上
芳香散落屋檐下
清泉淌在深沟里
甘甜润泽在心头
索玛香
青泉甜
鼻翼失灵闻不到
心胸麻木尝不出

地里庄稼靠施粪
牛肥马壮靠喂盐
马靠鞍装
人靠衣装
讲求外表的训导
引众生误入歧途
庄稼养人，牛羊育人
身心是否在得到富庶的平衡？

然而，冰冻三尺
非一日之寒
然而，歧路亡羊
非一时闪失
闭关自守
麻木不仁
得过且过
病入膏肓

谁是良医?

口弦的声音在回响，美妙而又酸楚的音符，谁听见谁的眼泪必定情不自禁地潸然而下。尽管无法听清它的方向。

兹子妮猹（魔神）

一点点，一点点就足够了
可是一点点
他们都给予不起啊

像美丽与丑陋，前进与落后
像善良与邪恶，神灵与鬼怪
区别在于一点点

一点点，可是，就一点点
他们知道我是国色天香的女人
就把我归结到女妖的行列中了

我是大魔王措者殊阿霍的幺女
我是向往人间生活的女妖
他们没看到过比我还漂亮的女人了

一点点，就一点点
你认为好的，我就认为是不好
你认为不好的，我倒认为是好

我发觉我们间
黑白颠倒，是非不明
人云亦云，大有人在

一点点，一点点就足够了
我认为要一分为二地看问题

看准问题是好困难的啊

就差那么一点点，一点点
就只差手指头大小啊
就只差一小步的

口弦的声音在回响，听得出悲伤、忧郁的情调占了一大半。月琴的声音，悠扬地由远处传来，也含满悲伤、忧郁的情调。

阿苏拉则（文化神）

我感到，我倒是感到
一个异乡人，就要走进来
走进我们和我们的人们中
而且，现在，事实上
他早已在门口站了很久

因为异乡人，因为他的
到来和出现
所有的防线，所有固有的
包括思想，包括语言
都将受到
震动和冲击

因为异乡人的到来和出现
谁能说清，谁能道明——
明天的天空是阴还是晴？
今后的道路平坦还是坎坷？
牛羊是否还会肥壮？
火塘是否还会温暖？……

现在，他站在门外很久了
异乡人，他也早就
曾试着敲响门扉的沉闷
只是没能引起我们的注意
那是因为我们自己
一直在充耳不闻

在过去的时光里

我感到，现在，再自信不过
那个异乡人，正在莅临
而且，他的一只脚
已经跨进了高高的门槛
究竟迎接？还是拒绝！

这时，又传来月琴叮咚的合奏。无可阻拦地撩拨开了心灵深处那最具恻隐的丝弦。真让人听着牵肠挂肚、魂牵梦绕、如痴如醉、忘乎所以。

库合吉尔（家神）

最不能理解的，在门内
不是贫瘠
而是富裕
最不能理解的，在门内
不是富裕
而是取舍

心底里酷爱
但嘴里还得否认
灵魂地热衷
但手脚还得镇静
美丽的，美丽的
不再被视作福分
而是轻佻

言不由衷
为的躲避现实
装腔作势
为的隐藏内心
可以赤足
但语言还得包装
可以饥饿
但面子还得保全

最不能理解的，在门外
不是结束

而是开始
是不能理解的，在门外
不是开始
而是过程

口弦、月琴交响着。巴乌（芦笙）、马布（唢呐）、竹笛……一切应该有的乐器，都自然而和谐地开始合奏。

仁迪朔夫（大力神）

和山岗没完没了
却忘却了河流

和铜铁无休无止
却忘却了骨头

力量的定义
标准也得更新

石头开口言语
不是没有可能

铁树开花结果
也是千年一回

交响的音乐在天地间回荡，时远时近，清晰又朦胧……像春风轻歌，像山洪暴发，像秋雨缠绵，像冬雪漫舞……

嘎莫阿妞（美神）

美丽不再雍容华贵
忠贞遭受践踏
那众多的眼睛
在黑夜里
已发不出光芒
就连视力
也在担忧中衰退

丑陋得到乔装改扮
伪美四处蔓延
那极少的清醒
在光天下
已经难辩是非
就算存在
也在误解中失信

衰退在加剧
失信在延续

一人打呵欠
众人跟随
人言可畏
那是致命的
无形的刀
又是无形的巨大的能量
群体的音容

实在是乌合之众
存在与消失
早已不再神秘莫测
众口难调
但面目全非更显清晰

能量可以利用
面目可以改变

黑夜的灵气全在于火把的燃烧
阳光下的希望尽因明确着目标
人言还在散布
众心守望引导

突然，乐音戛然而止。天地间传来男女的对歌。那流满浓情厚谊的歌声加剧着天地间的空旷与寂寥，那歌声传递着悲伤也传递着希望……

阿子额莫（智慧神）

有勇无谋不算真英雄
只有思考没有忧患的
绝对不是真正的智者
沉沦预示着消亡
留恋羁绊住希望
然而，过去的荣光
荣光的阴影
笼罩过父亲
还连累儿子
既无创新
更无新意

菜叶煮了多次失鲜美
语言重复唠叨变轻浮
津津乐道的
其实早已丧失存在的意义
思想类同照搬
形式千篇一律
尽管听力发达
尽管嘴舌灵便
听着讲着，但谁也想不到
目的在于摄取精神
蜜蜂迷恋花朵
是因为它的芳香与蕊粉
骏马向往草原
是因为它的宽敞的疆域

雄鹰盘旋在天空
是因为它的空旷与高邈
花朵的芳香与蕊粉
给予蜜蜂酝酿常鲜的甜蜜
草原的宽敞的疆域
给予骏马放蹄的纵横驰骋
天空的空旷与高邈
给予雄鹰搏击与翱翔
瞻前是为了更好的顾后
退步是为了更远的跨越
举目四望，目光伤感
那迷人的眼睛
却已有美无神
那巨大的头颅
也已有形无思
这么多的头颅与眼睛晃动着
实则懵懂不已
难道一任心灵荒芜？
难道继续无动于衷？

我阿子额莫倒是思之良久
神为何物？何以为神？
想我辈曾是凡裔俗子
荣生为群体精神的象征
尽因曾经的丰功伟绩
在座诸位，还统领系内分神
如我阿子额莫掌领
诗神、歌神、乐神……
而我辈众商群议，何为上策？
回到人间去吧！各率系部
那里不仅草木葳蕤

越过山川，是浅显而深刻的理由——
精神必须生存于适合的环境

浓情厚谊的歌声飘荡着。神灯在歌声中更加旺烈地燃烧，仿若永远不会熄灭也没有熄灭的时候。那光芒已经让人睁不开双眼，却是奇迹般地看见了天地间的所有……浓情厚谊的歌声飘荡着。吉木鸟拍响翅膀，踏着歌声的节奏翩翩起舞，仿若天地间的所有是那么的邻近而又实在是遥远。

众神（合唱）

回到人间去吧！回到人间去吧！
苍穹浩渺，乾坤亘古
上下千年事
过去现在人
我辈尽评说
神之能存在
还得回到人间

回到人间去吧！回到人间去吧！
人间血液源远流长
人心是不灭的神灯
阳光温暖，月色秀丽
神灯油耗尽
向往不幻灭
人间去点燃

回到人间去吧！回到人间去吧！
天地相依，万象昌盛
错误曾泛滥
今朝来更改
崭新的未来
从今去开辟

黄昏的夜色多么美好，神灯像初升的太阳照遍了远山近壑，一切乐器在这个美丽的夜色齐奏……多像春天花朵正在开放，多像夏天云朵间飞扬的云雀，多像秋天绵绵的秋雨，多像冬天雪原上行走的人啊。神鸟啊，吉木鸟。顷刻间，飞腾起来了，展翅飞腾起来了。越过平原、越过高山……它飞过了梦幻，飞过了梦想，直接飞进了我和我之外的世界。

淡出

羊皮鼓在荒野回响
（之一）

是他，一定是他，那个彝人
那个上有老，下有小的彝人
那个爱女人，被女人所爱的彝人
是什么力量，超越平常
忘乎所以，不能自已
抬举着他，像飞了起来一样
跃过河谷，跳过土坎
踩断荆丛，穿越密林
打马要走三天的路程
只需一杆烟的功夫就能来回
还心平气和，没有一点劳累
是什么力量，赋予那个彝人
神秘的力量
他能在万千树木中准确地找出神树
他能赤足踏熄猎猎燃烧的篝火
他能口衔烧红的铧口
在风中舞蹈。一只绵羊
他也能叼着，只轻轻一跳，便摸着了屋顶的
房檐
是他，是那个彝人，他是谁？
力量，他的力量——是什么？

我们都不要出声，嘘——
千万只能用眼睛说话
羊皮鼓被拿在了手上

羊皮鼓被急促地敲响
不要遮掩耳朵
不要躲闪目光
他多么像一只猛虎，洁白的雪虎
转动浩瀚而神秘莫测的宇宙
而在星光灿烂下，谁？……
丢失了一句梦话？……
像丢失了一句诺言。
失魂又落魄
是女儿？是儿子？是父亲母亲？！
还是我们自己？丈夫与妻子
是陌生人的父老乡亲

去过的地方，会被遗忘
崭新的黎明，似曾相识
一个石头，万千个石头
在水底沉睡
在荒野流放
指挥千军万马的神鞭
雄鸡鸣叫声声，不速之客莅临
那一瞬间，神鞭
失灵
荒草
从此自生自灭
牛羊与驱赶不动的石头
从此，是不是
心灵的纽扣。一颗颗泪珠
在梦魇中多么想痛快地翻一下身
痛快地喘出一口气
神鞭落下，被抽痛的
是不是心灵？

像雨丝敲打种子的门帘。然后醒来
然后羊皮鼓敲响
然后，奔赴四野

夜，寂寞地滑向深渊。白天继续
羊皮鼓仍然在擂响
像在天地相连的地方
滚动成群的牛羊
像挥动牧鞭的人
并不知道自己的孤独
天苍苍啊，不是你，不是你！
野茫茫啊，不是我，不是我！
云朵啊，你走你的，我走我的
不管你是去婆家
还是回到娘家去
泪容与笑脸。与我们仿佛很有关系
并不在于得到一件崭新的披毡
也不在于丢失几粒饱满的荞籽
而是一只绵羊，仅仅是绵羊
和它雪白的毛，以及珍珠般的粪便
（谁将会在意它的存在，除了我们，除了自恋般的我们）

湿漉漉的空气。在木门外惆怅
徘徊。
看我们在屋内的火塘边敞襟露怀
没有谁的酒碗，哪怕是谁的
都没有举得高过
我们的目光
我们的牵挂
温暖
寒冷

破门而入的，那被顶礼膜拜的
不是我们
而是别人
至少，是列祖列宗
至少，在梦醒的边缘
火，把羊皮鼓烤得越胀满
鼓声会越响亮
撕心裂肺

羊皮鼓在擂响。在荒野
与手推磨的声韵
酷似夫唱妇和
酷似情歌对唱
而我们听不懂了
我们间没有谁听得懂了
我们的眼睛
火辣的热望
不能像黑油油的花椒籽
落地生根
爱上油菜花的金黄。形影不离的我们
迷恋春天，迷恋春天以外的季节
是的是的是的
风儿漂浮我们
我们呼吸风儿
一如太阳
一个个温暖的火塘就是一个个太阳
鲜活在我们宽广的
胸间

背着羊皮鼓的人
还会在黄昏的山路上匆匆走过

羊皮鼓就掩藏在他那紧裹着的羊毛披风披毡里
他还会自若地走进山谷，走进
孑立荒野的木屋
像回家那样踏实，没有一丝丝的惊慌

擂响羊皮鼓
牵动荒野的心跳
啊，假如那一刻
有谁滚落一颗泪珠
必定因为想起了悲伤的往事
想起了欢乐
想起了
灵魂
在对明天的憧憬等待中
雄鹰在天空折翅
骏马在草原老去

在荒野
在荒野般的日子
在耳边　在心间　在荒野般的思想中
羊皮鼓回响。千真万确的
是万物和我们相溶
相互依存。患难与共。生死休戚
忘掉我们吧！熟悉的彝人
除了荒野，我们什么也没有
铭记我们吧！陌生的彝人
鼓点殷实地敲打在脚跟上
声声入耳，像滚动的绵羊群
一浪高过一浪的潮涌，占据目际
召唤力量。给我们什么？！
我们至今还不认识自己

像那个拥有羊皮鼓敲响羊皮鼓的彝人
（谁也不会在意它是谁？但我们知道，
千真万确的那是我们的一个好兄弟呀！）

……那木船般的木屋
乘风破浪？！……

进行曲般的鼓声是不是震耳的涛声
谁在水上，在岸上沉湎长河落日？
是悲壮？还是伤感？
我们的头颅……一尊尊凄凉的鹰爪酒杯
像空谷间的巨石
空落落的
对峙一屹立
静穆。一幅永不褪色的画卷
浓墨
重彩

太阳啊，照耀我，我的羊皮袄
（之二）

“太阳啊，你出来！出来吧！
穿过云雾，而不是冬天
我的承诺，珍珠般掷地有声
给你的孩子穿上厚实的羊皮袄！”

在这个世界上
多少有情人终不能成为眷属
又有多少陌生的人
成为世交挚友
就只有我们
守住三个终日缄默的锅桩
相爱
分离
痛苦
欢乐
一张张竹篱席
铺在屋梁柱的脚边
仿若爱恨的天地
任凭践踏。只是心里想着
语言不在于是否优美动听
行为不在于幅度的大小
但也只能眼睁睁地看着
众多的目光济济一堂
明天，还得
像星星一样

散布
四野

“太阳啊，你出来！出来吧！
照耀我
我承诺
给你的孩子穿上厚实的羊皮袄！”

在这个世界上
多少善良的人并没有得到好报
又有多少本来熟悉的人
在逐渐生疏
就只有我们
来回于一条条山路
通向邻近而遥远
萧条的家园
曾经激动人心的
天真与单纯
跟随出嫁的姐妹
跟随分家立户的弟兄
再也
回不到
原初的温馨
心中拥有怀念
仅仅为了自慰
同胞手足
肉体。被泥土
分葬异地

“太阳啊，你出来！出来吧！
照耀我

我承诺
给你的孩子穿上厚实的羊皮袄！”

在这个世界上
有多少朋友反目成仇
又有多少干戈
化为玉帛
就只有我们
打点山河
如数家珍
尽管妒忌与忘情在时时中伤翅膀。但是
有一些愿望
还不能实现
有一些事情
还不能圆满
像永远没有结局的故事
像永远找不到答案的谜语
生命已经麻木
真有点病入膏肓
生命，对它的本身
和诠释
不再重要
重要的
是如何
终结

“太阳啊，你出来！出来吧！
照耀我
我承诺
给你的孩子穿上厚实的羊皮袄！”

命运

在这个世界上
有多少虚伪的人活得滋润逍遥
又有多少诚实的人
颠沛流离
就只有我们
忧伤，才会击掌悲歌
孤独，才会饮酒作乐
树木有高矮
萋草也枯荣
年轮
刻记在日月星辰旋转的轨道上
容忍没有限度
寰宇没有边际
总有一天，我们
会勇敢地
承认
这一切
现在
我们不敢，连想都不敢想的
哪怕，哪怕就算
我们的坟头上
已是
乌鸦惨嚎
杂草丛生
……
我们成了风雨的伙伴
野狐的邻居
可是，高贵的猎犬
原本
不是狐狸的亲戚

"太阳啊，你出来！出来吧！
穿过云雾，而不是寒冷
我给你的孩子穿上厚实的羊皮袄
不是交易，而是掩不住的承诺！"

亡灵的诗篇
（之三）

连做梦，你们也最好不要再梦见我们
你们，只需
给我们的眼睛，我们的脸，我们的身躯
盖上
一块
洁白的方布
生命的终极
回归
一片
空白，毫无玷污的空白
尽管曾经沉溺
悲伤
欢乐
永恒的，无法更改的
日出又日落
生临又死亡
但心中必定会有
一点点的依依不舍
一点点未尽的愿望
像大地上的明灯
在那黑夜的心窝
野风像要把它吹灭
但它倔强地燃烧，明亮
不容迟疑的
犹豫不决的

断然
来不及稍息掂量
哪怕
彻头彻尾的思过

火把。燃烧起来了
被大地上黑夜的明灯点燃起来了
灯芯就浸泡在我们的
我们沸腾着的血液里
啊，别回头，千万不要回头
那火焰
经不住
泪眼的融化
或许已经风烛残年
或许正当年富力强
也或许涉世未深
别回头。尽管看见了
绣花的银针日渐消瘦
光泽的音容总会苍老
孱弱的野草
命运。在意念中
不是被缺了牙的牛羊啃食
就是撒手荒野陈尸糜烂
如果，遇上火焰
最后的辉煌
短暂
却也
灿烂

我们所要祭奠的
我们所应该要祭奠的

我们所深深应该要祭奠的
不是肉体
不是心灵
不是信仰
而是微不足道的怀疑
心甘情愿的
劳累奔波
全因它的驱使
它让我们悲哀的幸存满腔热血的
希望
还要
自欺欺人的
一次又一次
原谅自己
还要，并不在意
心脏
在胸腔里。因为骚动而剧热的
胸腔里。心脏
是否还在跳动着输送血液
是否已经冰冷
像沉重的石块

……衣裳。头发。手脚。眼睛。耳朵
……带不走的
连同牛羊。房屋。金子银子和爱人孩子……
带不走的
生不带来死不带去的。带不走的
它们不是拄路棍
成不了灵肉的桥梁
它们只不过
是供人识别的标签

像名字
那看不见的绳子
让他人
用语言
就能紧紧地把自己束缚在手
捏握在曲直难同的掌纹之间
用不着背包行李
用不着通气商量
只是……哦，谁又能幸免呢？！
此时此刻，带不走的
别转过头去，尽管
一切都带不走的。别用披毡蒙住
脸上的羞涩
流水的，含情脉脉的
秋波
你们。还有……你

最好不要把我们放在心上
最好连想都不要想一下
我们。最好
没有了酒
就用清泉水
把盛过酒的土坛
涮上一点点酒味就可以了
最好遗弃我们。像
树林间的一片落叶
河床里的一个卵石
我们。无非是
一阵风
一场雨
撩不起你们的裤脚衣襟

淋不湿哪怕你们的睫毛
到那一天
用一块洁白的方布
子孙们会盖住你们的眼睛
像你们
像我们
那时，生命的空白
在皑皑雪地上
一条猎狗在放逐瘦弱的吠叫
那一天，一切的恩怨
就此了结
无怨无悔

群山：像一群健壮的大象
（之四）

潮动我们毕生的夙愿
关于这一点：不是今天
我们不是今天才透悟与知晓
关于这一点：群山的高度
群山的影子。阻挡和囿限我们的
目光和它的
高度
那是由来已久鲜为人知的痛楚
并不是只因为了
在这四野阒寂的子夜
有一个老人正离开我们
有一个婴儿在诞生进来
而在那黑暗厚隆的深腹
白昼
并未
停止片刻努力
黑暗无边
光明被围困
光明与黑暗
从未停止片刻的战斗。但我们
可悲呀！说什么宁静致远
可怜呀！还想高处不胜寒
可叹呀！我们与我们
心胸是山路的狭窄
度量处处暗礁潜伏

枉有一副副大山伟岸的身躯
枉有一双双厚实粗壮的手脚
尽管赤足也能踩断
刀尖般锋利的荆棘
却挑不掉
心存的微小痼疾
一味地妄自尊大
终酿群龙无首
却还沾沾自喜
自以为是
得过且过

群山：像一群健壮的大象
潮动我们毕生的夙愿
关于这一点：那是久远的故事
再也激不起心底的一点点水花
关于这一点：群山依然如故
群山作证。但已无法与我们
沟通
交流
遗失的能力。秘语的译词
在粗心大意间已被丢失。年代久远
啊，如果有谁说了句清醒的话
那必定是因为了
心灵酣醉。神魂颠倒与众格格不入
离群的绵羊葬身狼口
离群的人儿孤苦无援
告诉我吧！告诉我，告诉我——
那孩子，就是在你们的身后
那孩子，被你们孤立的那孩子
谁是那孩子的生父生母

谁是那孩子的兄弟姐妹
谁是那孩子的媳妇亲家
谁将为他烧毁最后的情歌
谁将为他诵读回家的经文
不是你，不是我，不是他
我们都没有能耐
我们都深陷长久的等待——
等待，等待，该死的等待
害得我们够惨的等待！
但除了无可奈何
我们
又有什么办法？……
自惭形秽不属于我们
自暴自弃不属于我们
我们所迫切需要着的
也绝非
呼风唤雨的召唤
而是回答。在群山间
像山洪决堤一样的
震撼天地的
众口一词的
扭成一绳的
回答
回答。来自心底来自灵魂深处
充满力量的回答
健康向上的回答

群山：像一群健壮的大象
潮动我们毕生的夙愿
关于这一点：是个永远值得回味的
问题。千言万语也不算多

关于这一点：群山保持缄默
警醒也不表态。只思考留给我们的
精神
气质
冥思苦想
终身牵挂
树木。石头。荒草……在群山中
绵羊
在阳光与月色的扑朔迷离间
迷失。但生成了
我们葳蕤不败的万象
当然，总有哭笑的时候
当然，总有生死的时候
耿耿于怀的当然，我们企盼一匹骏马
穿行胸膛，踏踩梦幻
没有谁牵着缰绳
没有谁压着鞍羁
天马行空，自由自在
它是伴随树木石头荒草放生的野马
群山的精灵
群象的心脏
那是游动在肉体之外的精灵
血液以外的心脏
拒绝野火
盘髻炊烟
渴望星辰。得到的不再是孱弱的露珠
而是一双厚实的毡绑带
心与心终于贴得那么紧
手与手终于牵得那么牢
古老的火镰，像马蹄像耳朵
撞击黑暗的深腹

探听光明的星焰
燎原。在思想中
指日可待

群山：像一群健壮的大象
潮动我们毕生的夙愿
关于这一点：群山永恒
我们可能离散。不用举行仪式
关于这一点：仿佛一切都在情理中
又总觉来得突然
唉！数百年后，真让人无法接受
谁还会想起我们！？……
在群山以外的群山之间
健壮的群象飞扬起了尘埃
啊啊，放下一切的恩怨吧！我们
卷起语言的衣物
寿终正寝
忘却脐带
在劫难逃
看见了，儿子儿孙
看见了，千秋万代
看见了，但还是被看见了
被称为女人的母亲
在群山的消隐中
在群象的离散间
在田间地头
在山野涧谷
提着断裂滴血的脐带
殷殷呼喊。找寻变得陌生了的儿女
穿过白昼与黑夜
结伴光明与黑暗

但当那脐带上落下的滴滴血珠
像一颗颗子弹。此时，痛切地
击中我和我的血泪
让我在我们的挽歌声中
重重倒下……在群山丛中在群象足下
倒下。心里充满希望的
撒手相别：希望，希望，希望
推陈出新
蒸蒸日上

雪、燕麦炒面，以及火
（之五）

我是否还应该歌唱？自作多情的
像枝头上的一只鸟儿
与天空和大地
在脸上飘荡着不卑不亢的
呼吸，像充满信任
充满理解的
目光。从天边地头
斜斜地照射
照耀
胸脯
我像一只鸟儿。坐在枝头
梳理羽毛
无动于衷的表情
缄默中无休无止地思念着
那就是我的太阳
那是否就是我的太阳
是否又在
哺育没完没了的唠叨
预示无人问津的忠告

是谁？在深山老林给自由自在的猛虎
设下陷阱？谁
又在给鸟儿布置下致命的绳套
并不是因为碌碌无为
而是哪怕一根虎毛

也难遇得见了
鸟的影子
也难捕捉。但
我再清楚不过地知道
一小口袋燕麦炒面就足够了
水，有山必定有水
水，血液里在流动
缰绳系在脚趾上
睡梦中也睁着一只眼睛
耳朵
看清身后的退路
听好风吹与草动

就当是虎，就当是鸟
我是否还应该歌唱？自我陶醉的
像枝头上的一只鸟儿
在阳光中
缄默着思考
得到的，以及失落的……

冰天雪地。天地空蒙
野猪磨砺尖牙
野鹿磨亮犄角
咬得碎树干石头的牙
啃得动一点点的故步自封吗？
照得亮湖泊涟漪的角
照得亮心灵深处的平静吗？
谁在顾影自怜？谁
自己的母亲自己爱
各人孩子各人喜欢
但我们，为什么心生嫌弃！

躲避瘟疫一样对待心灵的真诚
以至于：怕、怕、怕……还是怕！
怕别人喊出我们的真名实姓
怕别人谈论我们的肤色音容
怕别人取笑我们的言语举止

就当是野猪，就当是野鹿
我是否还应该歌唱？自娱自乐的
像枝头上的一只鸟儿
在阳光中
缄默着等待
生存还是死亡……

有一堆火，在寒冷的时候
该有多好啊
但当心灵寒冷
又该想念什么呢？火、火、火
暖烘了前胸
还冷着后背
笨重的衣物
掩藏不了心灵的浮躁与空虚
焐不热嫉妒与骄狂的悔悟
谈不上急功近利
摆不到好高骛远
仅仅一丝丝儿的好逸恶劳
火塘就已经开始荒芜
柴火在耗尽
火焰在熄灭
谁？忘却了——没有了火焰
就没有了我们的簇拥
说：什么大火不好烤

说：什么害怕烧着眉
火，谁会想到，让火
燃得更旺一些
再旺一些

就当是雪，就当是燕麦炒面
就当是火
我是否还应该歌唱？从容不迫的
像枝头上的一只鸟儿
在阳光中
缄默着寻找
飞翔与坠落……
无缘无故的
无头无尾的
被沉重的想念压得诚惶诚恐
却在阳光中
故作深沉地
想念我们和我们自己的内心世界
呼吸越来越急促，越来越孱弱
是什么？让我们
打不湿拧不干的——
是雪？是燕麦炒面？还是
火……噢，不不不
是一张张的脸
在光天化日下
不敢认领自己和影子的
脸和脸上的
表情

祝福
（之六）

慢走，亲爱的人，你们慢慢走
待到秋天再回来
像南飞的黄雁
待到春天再回来
像鸣春的布谷

请原谅我们，亲爱的人，原谅我们
我们终于不胜体力
我们终于倒下了
像秋天里飘落的枯叶
像春天里消逝的雪花
尽管心里
有着未尽的愿望
有着难舍的依恋
但我们倒下了，终于倒下了
像被风扳倒的树木
像滚进深谷的石头

说这个爱情
我被爱情抛弃了
说这个亲情
亲情越来越远
我怎么办？我究竟怎么办？
我喝酒，我做出生气的样子
但是，但是啊

这样做也无济于事
干脆，我把酒戒了
有谁能够理解和原谅呢？
就请原谅我们，亲爱的人啊，原谅我们
我不是还有一个女儿在你们中间
长大了，还请她回到我的身边

请原谅我们，亲爱的人啊，原谅我们
我的这句话，穿过云雾，穿过河谷
穿过月色，穿过阳光
才到哀牢山，声音听起来凄凄惨惨
才到乌蒙山，声音听起来喃喃振动而又听不清楚
才到大凉山，声音听起来像有一根骨头卡在喉结上
我是这样爱你们哟
大凉山、乌蒙山、哀牢山，这三山
是什么样的山哟
都是彝人居住的三山哟

像彝族人的三锅桩，像彝族人的原始图腾虎、龙、鹰
像彝族人的三色审美色素：白色、黑色、杂色
像彝族人的三段式古诗体
像彝族人的朴素的观念：天地人三维空间
大凉山哟
乌蒙山哟
哀牢山哟
在天地间各是各的，互不干扰
在天地间相亲相爱，完全相融
在这片土地上，有支格阿尔、有阿诗玛、有呷莫阿妞……
在这片土地上，有《勒俄特依》、有《查姆》、有《梅葛》……
在这片土地上
是男人都是英雄的后代

是女人都是美女的后代

然而，问题就出在这个“后代”
后代，本来应该雄鹰一样搏击长空
后代，本来应该巨龙一样横扫山川
后代，本来应该猛虎一样虎啸天地
可是，他们这样子了吗？
可是，他们不是这样子
可是，他们就是这样子
可是，你们不要永无休止的“窝里斗”
反过来就说一个人，不管他（她）长得多丑
也不管他（她）长得多漂亮
当他（她）到老了，你再看
归根结底一个样，你看见的面子
一样的长得又老又丑
一样的长得又起皱又矮小
是怎么样？你们究竟怎么样？
年轻时，长得好看与不好看是区别
区别是看得见的
区别是看不见的

亲爱的人啊，原谅我，我们
我知道你们是面子观很强的群体！但是，我
不是离开你们了，不是
我要去寻找一匹马，或一只绵羊
给你们超度，或给你们说上一句悄悄话
这悄悄话你们清楚
你们像熟悉自己一样的清楚

我没了爱情
我没了亲情

我像孤儿，只有我的身体
像祝福，只有祝福本身
我还要说，等到一喝酒死掉了
你们会看见：一个人
是怎么样死的
你们会看见：一个人
他的头颅一直在前方，后腿一直放在后面
现在，他死时，却还有梦幻在心头啊
现在，你们可注意到了
我终于不胜体力，我终于倒下了
我就寄希望于你们中的任何人
听得懂我的那个人，看得懂我的那个人

现在，我送一缕祝福给你们
像那个基目惹牛
原始的祖宗，最初的祖宗
洪水滔天之后
一缕青烟升起于天地间
洪水滔天之后
天地间一片荒凉，就只剩下他
他就打捞绵羊，打捞蛇，打捞蜥蜴什么的
就在他升起一杆烟，用烟管升起的一杆烟
就在他身边烘烤，万物生灵重又见着天光
我像他
我又不是他
我的祝福，经过了千山万水
像公鸡，在啼鸣
像绵羊，在奋蹄
像骏马，在奔腾
我的祝福，我的祝福哟，祝福你们
我也相信你们不是基木惹牛

但是
我相信
比基木惹牛还要聪明的啊

告别了，永别了
慢走！亲爱的人，你们慢走
……我还要回来
我回来时看见你们把所有的陈规陋习改掉了
我回来时看见你们把所有的应该发扬的都发扬了
我还会回来，我还会回来
等到夏天时，和爱情一起回来
等到秋天时，和大雁一起回来
等到冬天时，和背柴的牛皮绳一起回来
等到春天时，和布谷鸟一起回来

原谅我哦，原谅我
不是逃避责任
相反的，我是比你们还可能要负责得多
现在，我终于不胜体力了，我终于倒下了
还有一口气，只留一口气
把叮嘱告诉你们

慢走，亲爱的人，你们慢慢走
待到秋天再回来
像南飞的黄雁
待到春天再回来
像鸣春的布谷

请原谅我们，亲爱的人，原谅我们
我们终于不胜体力
我们终于倒下了

像秋天里飘落的枯叶
像春天里消逝的雪光
尽管心里
有着未尽的愿望
有着难舍的依恋
但我们倒下了，终于倒下了
像被风扳倒的树木
像滚进深谷的石头
啊，可是，风扳不倒我们的精神
石头，一个石头，万千个石头，那是我们的气质

祖国江河

江河啊，祖国的江河
长江与黄河，祖国的江河
当我面对亲爱的祖国
我是把您们想象成祖国的
动脉与静脉？抑或两条乳汁长流？
还是两行滚流的，滚流的泪……
啊啊，终归是母亲，终归是父亲！

——题记

长江，我永生永世的母亲
（上篇）

这是一个雨丝倾洒的夜晚
这是在新世纪梦幻的早晨
夜莺在远方歌唱
布谷鸟早已把春天叫醒
踏着花朵的芬芳，苔藓的溜滑
穿上时光的五彩羽裳，生命破旧的披毡
上路，我终于再一次上路
不为了什么，仅仅为了我的母亲
长江，我永生永世的母亲

或许前面，在路上
还有很多很多的欢乐和悲伤
还有没完没了的死亡和诞生
但我再一次上路，我终于上路
我年老的母亲，已是年高岁迈的
母亲，在将我召唤
我年轻的母亲，正当焕发英姿的
母亲，在将我牵引
我终于再次上路，为了我的
母亲，我的临近而遥远的母亲
母亲，我的熟悉而陌生的母亲
我终于再次上路，我
从三星堆故里
从一个叫拉布峨卓的现代城市
从大小凉山古朴原始的山寨

不为什么，仅仅为了我的
母亲，为了母亲身后风干了的
爱与恨，和长达170万年①的叹息
为了丰腴的森林，瘦骨嶙峋的岩石
为了一些面孔，一点点的愿望
为了高尚，也为了卑贱
为了和谐，还为了矛盾
我在无比迫切地想知道
是什么让生命短暂
而心中的信念不朽
是什么让我们，明知道总会分手
却注定在相爱，还要真诚地相守
像我还在等待，但生命在流逝
像我热泪盈眶，骏马还会驰骋

啊，我的母亲，永生永世的母亲
性情暴躁的母亲
我终于再次上路，我
两手空空，连路上的干粮也忘了带
忘了带，一双明亮的眼睛
忘了带，足够尺寸的智慧
我的母亲，我亲爱的母亲
您会不会因此不再与我相认
您会不会因此打骂我抛弃我
母亲，我亲爱的母亲
我知道，千百年来
我一直相当地不争气

---

①长江上游的古猿人元谋遗址距今已有170万年，是目前已知出现的最早的早期人类活动遗址。

我安于现状，墨守成规
像一个笨重的巨石
连翻一下身也相当的困难和难得

啊，我的母亲，永生永世的母亲
温柔善良的母亲
我终于再次上路，我
从昨天到今天，从混沌到清朗
衣裤破烂了，手肘和膝头
遮掩不了羞涩
我的母亲，我亲爱的母亲
是您在给我刺绣崭新的衣裳么？
是您在给我重新认领自己的勇气么？
母亲，我亲爱的母亲
现在，从我开始
把木板房翻盖一新
擦亮锅碗瓢盆，拭去心坎上的尘埃
我将不再大事做不起，小事看不起
我像一粒草籽誓把心灵的荒漠绿化

不为了什么，我的母亲
仅仅为了生存和死亡
仅仅为了站直身子骨
为了170万滴泪珠的晶莹荣耀
为了曾经的秘语和预言
为了祝福与诅咒，失落和拥有
昼夜轮回，天地亘古，万象昌盛
我无时不在透彻地激动
鲜红热烈的血液
洁白坚硬的骨头
黑色庄重的思想

在让长发旗帜般迎风招展
在让老人嘴边的故事回味悠长
在让孩子们的梦乡和呓语飞翔金丝鸟

从大西南肚脐上的一簇篝火边
从一支古老而年轻的摇篮曲
从急促而舒缓的呼吸
我终于再次上路，上路
往上，再往上，仰望雪山
就像透视历史的根源
我寻找一根绣花针
它缝补灵魂的碎片
我寻找一个头颅，哪怕一颗牙齿
在黑夜里升起和坠落
都会在我的骨头上
碰击出惬意的火花与疼痛
仰望雪山，母亲，我亲爱的母亲
长江啊，我固执又灵活的母亲
谁叫我们的老家在雪山
谁叫我们是雪族的后裔①

长江，我永生永世的母亲
上路，您的孩子终于再一次上路
赤裸的足丫踩断一路的荆棘
龟裂的双手推开一路的云翳
不为了什么，我亲爱的母亲
仅仅为了雨丝停了还会倾洒
像鲜花谢了还会开放

---

①长江与黄河发源于青藏高原上的雪山，而彝族史诗《勒俄特依》里说："包括人在内的万物，同是远古的一场大雪融化并繁衍生成。"又有谚语说："水石是我母，人从水中来。"意即生命诞生于水，水为万物之母。

亲爱的母亲，而我已做好了一切准备
比如，为了了却对您的热爱
让苔藓重重摔倒
但我还会在夜莺的歌声中醒来
还会在新纪元的晨曦里站起来
像布谷鸟，给梦幻
以蒸蒸日上的春天

黄河，我高高在上的父亲
（下篇）

从天上来到天下的黄河九十九道弯
九十九道弯的黄河，养育出我们
一副副率直的肠子
一双双纯真的眼睛
还有宁折不屈的腰杆
黄河的子孙，我们的身心
才没有半点的扭曲
一如我们的语言
尽管穿了衣裳，尽管五音齐全
尽管美妙尽管抑扬顿挫
但是，浓烈的情感
却是无遮无掩没有修饰
却是奔放却是一泻千里毫不掺假

九十九道弯的黄河，那是父亲
高高在上的父亲
一根神灵的木鞭
挥动在源头上古氐羌人的手中
他的财富在牛羊身上滚动
他的贫穷在荒草之间燃烧
蓝蓝的天宇
宽宽的原野
啊，父亲，高高在上的父亲
您的哪一个孩子
在阳光月色下出走

他的牧鞭挥向远方
他的梦幻在远方
而梦幻绝不是海市蜃楼

奔腾汹涌的黄河，那是父亲
高高在上的父亲
黄土高坡上强劲的风
是他的呼吸
像他的影子
游走在开满山丹丹的塬上
一间间毡房，一间间土屋
还有一间间窑洞
在过去与将来之外
在回忆与向往之外
房门敞开，父亲
像一个巨人
不上扣的胸襟
在袒露着凸隆的胸肌
雄性的坚硬与强劲

浑浑浊浊的黄河，那是父亲
那是发怒的父亲，高高在上的父亲
湮灭田野，摧毁村庄……
山崩地裂。天塌地陷……
还给贪心懒惰的子孙
贪生怕死的子孙
仁慈善良的子孙
勤劳勇敢的子孙
流离失所，家破人亡
久别重逢，阖家欢乐
啊，父亲，高高在上的父亲

爱憎分明的长鞭
从远古递来，握在手中
但当挥动，却为何总是落在我们自己身上
父亲，不讲情面的父亲
您给我们腰间系配的刀
明晃晃的刀
抽出来后的头一桩事
难道也要给我们自己动手术？

清清亮亮的黄河，那是父亲
那是高高在上的父亲，爱子如命的父亲
红高粱是他的发髻
羊肚肚是他的脸盘
半坡村里留下他的谜语
山顶洞里藏着他的思考
45个孤独的谜语
45万年漫长思考
谁曾跃马扬鞭
谁曾放牧历史
父亲，高高在上的父亲
您一定了如指掌
除了祖宗炎帝与黄帝
还有谁？在子夜里
被婴儿的哭叫吵醒
又是谁？在阳光下
暴晒血液

沉默寡言的黄河，那是父亲
那是高高在上的父亲
铁马金戈的年代
安乐和平的岁月

黄河啊，您可以断流
但我们不会断了女人爱男人
男人恋女人
不老的情歌，是你教会我们的呀
父亲，是您让真爱的嘴唇灵便
情意藏在心里，随地生长的《信天游》
那跟随着马铃铃儿
转过丫口的
是最美的
是《诗经》里失落的，
过路人，将它
幸运地拾进了荷包

滔滔不绝的黄河，那是父亲
那是高高在上的父亲
一条船，早已
摆放在了岸边
我们成为最后的纤夫
请让纤绳深深勒进单薄的肩头
让阳光剥掉脊背上的软弱
溯流而上，我们冲动地
寻找久违的力量
像一部《易经》那样神秘莫测
但更多的，是把持乾坤的清醒的力量
我们需要和您来一次面对
来一次推心置腹的促膝谈心
像面对我们自己

绕过九十九道弯，父亲
高高在上的父亲，黄河啊
那是九十九个奋进的音符

那是九十九节强烈的乐章
那是我们走过的九十九次
坡坡坎坎
那是我们还要走的九十九回
曲曲折折
无论在天上，还是在地下
您的牧鞭，抽打吧，狠狠地抽打吧
像久旱后的阵雨，落在我们的心坎坎
而我们，您的黄皮肤的子孙，赤裸裸地
热爱您，并因您而自豪和自尊自强
父亲，高高在上的父亲
才会说，我们才会深情地说——
不见黄河心不甘！
不见黄河心不甘啊！

散装的心情

倾听中秋

倾听中秋，倾听一种岁月
岁月月满，年年有中秋
中秋年年不尽同。一种声音
铺过山川河流
直上云端探望天河和人间

倾听中秋，等于
倾听一种声音，浓浓的相思
全寄托在一些月饼身上
有人孤苦伶仃
有人阖家欢乐

倾听中秋，坐在山头
看风儿轻轻地吹哨走远
坐在藤椅上，见着树叶发黄
那不是感叹岁月的脚步在渐行渐远
那可是一岁一枯荣的芳华正茂

倾听中秋，亘古流淌
在天河里月亮一个样
在人间的月亮不一样
就数今夜的最满满最大大最亮亮
金色的中秋
印在黄叶身上，欢笑声不断

倾听中秋，倾听一种岁月和声音

谁的一根绣花针落地有声
谁的交杯恍筹交错，人声鼎沸
又是谁，谁幸运地
把月亮揣进了荷包
相思又相守

邛海：一泓月亮

从今往后
湿漉漉的月亮
可以是一泓高原湖泊
它的名字叫邛海
它可是月亮城的女儿

从今往后
不管汗流浃背也好
也不管闲人游客也罢
他们看见邛海
就告诉他们那是月亮

从今往后
无论从长相
也无论到气质
它就是一泓湿漉漉的
月亮——邛海
邛海——月亮

关键是由水做的
关键是滋润了一个城市
湿漉漉的月亮
让人骨子里叹服
不得不遵从又喜爱

高原湖泊

西昌邛海
从今往后
湿漉漉的生活，金灿灿的梦想
因为有这个高原湖泊的滋养

西昌有个邛海
西昌是云贵高原
和青藏高原交接处的
一颗明珠
而邛海就像一泓月亮

白色狂想曲

一切的一切，从一面三角形的旗帜
白底黑边的旗帜，开始猎猎飘扬
白色的天空，生长太阳、月亮、星星
黑色的土地，滋养牛羊、河流与森林
庄严肃穆的父亲高高在上
是那天空高高在上
仁慈善良的母亲拥抱着我
是那大地拥抱着我
勇敢的精神与英雄的气质
穿过时空的隧道，我看见
爷爷和他的父亲他的爷爷爷爷的爷爷
那些活不到三十岁的男人
头戴英雄结斜挎英雄带身着铠甲
像凶猛的公牛英勇无畏，不可抵挡
而他们腰上火苗般跃动的三条红布
灼灼烫伤我深夜里
欲哭无泪的目光

在时空的纵横网络间，白色的精灵
是公鸡是绵羊是一根细细的细细的线
太阳遨游在天空
月亮照耀着大地
知识渊博的毕摩操持神圣的法事
这一只公鸡请先灵坐上神龛
这一只绵羊普度人间的兴旺
这一根细线把灵魂牢牢系附于肉体

而当星星眨巴起了明亮深邃的眸子
洁白的圣石在火塘里烧得彤红
请从它的身上跨进门来
精灵啊，悲伤和欢乐的灵魂
那上面放置了嫩青的蒿苗
那上面泼洒了清澈的泉水

跨进门来，白色的精灵
从高头大马般的门槛跨进门来
灵魂的道路与桥梁
一根白色的银针，一根白色的细线
牢牢地牵在父亲的手中母亲的呼唤里
熟睡的孩子，总会
在酣畅的梦中精神百倍的醒来
老人走了，老人注定都要闭上双目而走
但千万别忘了还要盖上雪白的白布
让老人像婴儿般诞生在父母面前
父母面前，婴儿诞生了
心灵手巧的欣喜，还得用一匹白布
给孩子缝制白布肚兜
肚兜里可是跳动正在成长的红红的心脏

白色的精灵啊，白色的道路
铺就在阳光月色下的世界
铺就在阳光月色外的世界
看不见，但我始终承认
是人都要行走在那上面
是彝人必定行走在那上面
不朝左方偏
不向右方斜
而是顶天立地的身影

无论生与死都在光明正大的正中
回想过去，我们都从那走过来
从今往后，我们都从那走过去
白色的燕麦炒面白色的荞麦花
充实一路的肚皮一路的体力
舒畅一路的风光一路的妖娆

然而，在这沉寂无边的子夜
穿过时空的隧道。我看见
白云之下牛羊成群
白云之下森林成遍
白色之下河流泛涛
啊，还有山岗，群象般的山岗
白云之下是家园
山岗之旁是归宿
啊，白色的精灵，白色的狂想
真真切切又实实在在地曾被视若不见
还被中伤、破坏，撕扯与践踏
现在，我可是黑字落在白色的纸上了
现在，我和我身后多难而深情的人民
我们站立成圣洁的诗篇

在拉布峨卓死去的彝人

我在黎明前走进他
在拉布峨卓死去的彝人
他或许是我的某个先祖
他或许与我毫无关系

他的头颅，一颗血淋淋的太阳
就在拉布峨卓苍老的城墙
让人愧对注视的双目，像迷惘的阳光
被岁月风干了泪滴
唯有月色入眠，那头颅与目光
像通向死亡的灯塔与道路
引我走到遥远的隔阂与邻近的挤压
穿过担惊受怕的日子
我绕过一根拴马的木桩，知道
他来自深山老林
他的家人还在火塘边牵挂着他，没完没了地
吆赶身前的牛羊和骑在胯下的骏马
没有迷失方向，哪怕一点点的失足
但他，在拉布峨卓死去的彝人
确实连自己死亡的原因都不知道

我在倾斜的街头遇上他
在拉布峨卓死去的彝人
我们素不相识
但我们相见如故

他的血液，像凝固的积血
铺在拉布峨卓坑坑洼洼的街面
雨季早已远去，积水
在慢慢地慢慢地浸透大地年迈的衣裳
就在雪线上的牲畜市场
他的皮肤和他的牛羊，在家门口
被兜售出卖
他的骨髓和他的年代，在眼皮底下
被刮进酒坛
那清点着银子的双手，把利刃捅进他的
心脏。开怀畅饮的眼睛，酩酊大醉的嘴巴
翻不出他兜里的疤痕叫不上他的姓名
像我，最终能够看见的
只是血液像不值钱的酸菜汁
没有揪痛人性，而是酸楚了野心
血管龟裂，在拉布峨卓死去的彝人
像我一样，死神的使者
也不知道为什么要让他流完血然后死去

我在时空间离开他
在拉布峨卓死去的彝人
我们真实地邂逅
我们又仿若陌路

他的肋骨，他所有的骨头，像砖块
深深地嵌在拉布峨卓扭曲的墙头
他会倒下吗？像城墙
他会破碎吗？像砖块
树叶在凋落，树叶将砸伤怎样的一颗头颅
除了我，也是个彝人
除了我，所有的彝人

模糊的记忆，让人顶礼膜拜长跪不起的
冠冕。被清晰地欺骗着
掉进了大凉山上最深幽的湖泊
像一座古老的城市
无法打捞。我，我们大家都知道
包括在拉布峨卓死去的彝人
为了一种永恒，与大自然的亲密和谐

我也将像他一样死去
在拉布峨卓死去的彝人
归宿又在哪里？有山有水的火葬地
我得寻找好死亡的方式

阿妈的羊皮袄

把它裹紧，再裹紧一点
羊皮袄，就是你的
羊皮袄，我的阿妈
厚实的披毡，情同手足
跟随我上山放牧
羞涩的情人，怀揣口弦
藏在云朵里绣花

羊皮袄，你的羊皮袄
羊皮袄，裹在我身上
那是一张祖传的皮肤
那是一种淳朴的温暖
我依然需要
阿妈，我的阿妈
骨头坚硬
鲜活血液

把它松开些，再松开些
羊皮袄，就是你的
羊皮袄，我的阿妈
欢乐在将我陪伴
像天空在那高处注视和牵引
痛苦在将我锻铸
像那大地催生着种子的萌芽

羊皮袄，你的羊皮袄

羊皮袄，裹在我身上
放开我的双手和双脚吧
放开我的心灵与眼睛
我还得努力
阿妈，我的阿妈
让我透透气，让我顶风冒雨
看清影子与灵魂是不是一个

羊皮袄，啊，阿妈的羊皮袄
爱恨交加的羊皮袄
难以割舍的羊皮袄
我知道，我再清醒不过地知道
什么时候，它在我身上脱不下
那是我沉重的悲伤
而什么时候，它在我身上消失了
那么我的生命才真是走到了尽头

天地的琴键
（组诗）

古人云：西方为上，东方为下。我在想：西方为天，东方为地。而天地之间，古代的丝绸之路，一个个景点恰似一个个的琴键。我们——美国作家和中国作家们沿着“文化探寻”的路途参观，我的感觉是仿佛踩在了琴键上。

——题记

敦煌山庄

我在黑黑的夜里悄悄地走进它，万籁俱静
放松了，沉寂了。我和朋友在顶楼喝茶
布谷、布谷，布谷鸟忽然在夜里鸣啼了
像美国朋友一样，照了面甜甜笑过之后也坐着听

我在敦煌的早上阳光中离开它的，我会记住了
敦煌山庄！因为是它让我今春头一次坐着
听见布谷鸟的叫声，它预示着我今夜有好梦幻

莫高窟

是谁把我的眼神扛起的啊，莫高窟
不是万能的佛陀不是飞天的仙女，也不是
最初发现了你的那个人和最后的那个黄昏的僧人

是谁把我的眼神扛起的啊，莫高窟
茫茫黄沙淹没的是你的历史，含满了悲伤和欢乐
垂垂杨柳敞开的是你现今的风姿绰约，在大漠深处

而我会不会是你的492个洞窟之外的那个呢？！

鸣沙山·月牙泉

你们都错了啊又对了，月牙泉
你们都错了啊又对了，鸣沙山

月牙泉就在丝绸之路上的鸣沙山身旁
鸣沙山就在丝绸之路上的月牙泉旁边

我以为鸣沙山要鸣出什么样的声音？！
我以为月牙泉被清冷而柔和的月光照着

其实，我们都错了，又都对了

玉门关

古代的玉门关是一片繁华的边塞要地
现今的玉门关是一片供游人参观的处所

“羌笛何须怨杨柳，春风不度玉门关”
王之涣何须要这么多情呢？以致到今天
他和他的诗歌依然潮动着蓬勃的生命

看看吧——这里没有了森林，没有了巨石

这里只有一点点沼泽，只有大漠上思乡的情

汉长城

我在这里站定，你来给我拍照
这是什么啊，这里是汉长城

别动！你站在那里，我来给你拍照
这是什么啊，古代的边塞关隘

摸一摸汉长城，想一想古代和现今
辛酸和甜蜜都有，一如我们的生活
一如我在汉长城神秘而开朗地笑了一般

雅丹国家公园

狂风猛烈地吹，夹带着沙石
烈日在烈烈地晒，管你流不流汗

我在雅丹国家公园里面丢了一顶帽子
我迅疾猛跑着追逐，追逐，追逐——
茫茫黄沙里追逐，炎炎烈日下追逐——
我终于把帽子追回来了，当着出海的舰队

以后还要戴着它到很多地方观光呐，归航的思绪

千年古树——胡杨

在敦煌市的夜市街头，像在博物馆购买丝巾
我在一棵树子身边留下了
这棵树是我想象的树——枝繁叶茂的
因为它是已经上千年的古树——胡杨

在敦煌市的夜市街头，像在购买着小小礼品
我要把我的名字镌刻在它的一截树枝上
一截手指上。可，回来后连做梦都还在敦煌市

驼铃

我这样上骆驼，真的是上对了吗？
我这样黎明时分就出发是真的吗？
在敦煌，在路上的一朵野花的祝福中

朝着一个地方走，我不知道是什么地方
我只管驼铃声音，听起来好呀好亲切
大漠黄沙里的布谷鸟已起床在鸣啼

我知道要去的地方了。驼铃、驼铃好辛苦

孔明灯·许愿灯

传说，它是由诸葛孔明发明的
传说，本来是用来通风报信的，仿佛具有
魔力。一旦见它时，兵将相拥到它的身旁

于今，早已改变了初衷
于今，它成了许愿灯——
愿天下的人儿都幸福，像在美国在中国
像莱斯莉我们俩，和参加放许愿灯的所有人

阿尔金山的腹地

在五千七百九十八米高的阿尔金山腹地
我看见了一棵小白杨长成大白杨
诚如你哟，哈萨克族的小姑娘
我看见手抓羊肉已走向了天外
伴着小伙子的歌声，随着姑娘的舞蹈

在阿尔金山的腹地，我看见了哈萨克族的
妇女们都穿上了裙子，而姑娘就不穿

昆仑玉·敦煌玉

昆仑玉啊，我把冷冰冰的你拿回来给亲爱的戴
但亲爱的热气腾腾地说：你可能是假的！
而我望着你发神……孰真孰假？
我仿佛听见你在用听不见的声音在说：我真冤枉

玉石啊，你可是妇女戴了你就
越戴越亮光。可是，昆仑玉啊
我称呼你为敦煌玉。而你在想什么？！

雨滴的雁塔寺

雁的故事我晓得了，唐僧，叫三藏的法师
你的故事我已知晓，唐僧，叫玄奘的法师
连同《西游记》。但塔的故事我还不知道

听着寺庙的故事。我只知道，在我来临时
打起雨滴来了，落在塔身上落在西安城市里
街头巷尾就像洗了澡似的。我在想：凡尘与脱俗

像打湿了我风尘仆仆的衣服淋湿了我庄重的心灵

看兵马俑

尽管有很多种说法，我还是在很多地方
这样说：秦始皇啊，你是我最崇拜的

不仅仅因为你也是古代羌人的后裔
也不仅仅是因为你统一了华夏大地
兵马俑，兵马俑是你在冥界的长城？！

我站在这里默默地说：我来了，又走了
可不管怎样说：秦始皇啊，你是我最崇拜的

居庸关长城

我登上了长城，行如平地

想起我的家，就在比你都还陡的山崖

想起我的梦，就在你的梦醒后的山崖
想起我的情感，就在你的城墙背后
想起我的思索，就在你的城墙里面

居庸关啊居庸关，长城啊长城

我下了长城，如似下云梯

天地的琴键

从北京到敦煌市，从敦煌市到西安，又从
西安回到了北京，是从文化到史料到心脏
我激动，我行走在天地的琴键上了

我激动，我是一只雄鹰！丝绸之路上大自然的命运
何时生？何时死……我飞着看见了，在时代的脉搏
在键音当中，我看见东方的巨人在苏醒过后在奋发

你们会心地笑，和我同路的美国朋友啊

把你送到阿居勒界
（组诗）

“弟兄有六个，独女有福气。”这是彝族的谚语，它讲述的是：有六个弟兄的独生女儿日子过得好。可是，她走了，忘记给家里人说“再见”，她更忘了时刻想念她的哥哥和弟弟，还有父母；她甚至连“再见”这句话都没来得及说……遭人谴责的响雷，2006年6月28日，却夺走了我的妹妹，年仅27岁周岁的亲妹妹……

——题记

六月二十八日

老天这样了，大地这样了
正是索玛花开的时候
索玛花开了，可是
中途来了响雷
把花击落
击落的花瓣促成了众人的眼泪

老天这样了，大地这样了
你左手拿着锅铲
右手还拿了舀水的瓜瓤
你在做着晚饭，你还在做着
让夫君觉得可口的饭菜
让儿女觉得喷香的饭菜

老天这样了，大地这样了

我听见三弟传过话来
“哇莫！”[1]……长久的哑口无言
末了我在想你小的时候的事
末了我在想你长大成人后的事
末了我在想今年，你还没有来得及
携夫带崽前来报到的事……

老天这样了，大地这样了
就在6月28日
老天让你离开了大地
老天让你离开了世上
大地也没有办法
大地也只留你的身影
就在六月二十八日
索玛花[2]开了，却夺走了
你虚岁二十八的生命

老天这样了，大地这样了
留下我一路思念
留下我从今往后
没有了至亲的姐妹的痛苦
我只有看着别人的姐妹
想你，还是想你！！！
想你是索玛花开的时候走的

①哇莫，彝语，感叹词。
②索玛花，彝语，指杜鹃花。

属蛇的妹妹

我在许多地方
听见许多故事
故事的主题是一条蛇
响雷必定要击它

我在许多地方
听见许多故事
故事的主题是一条龙
响雷要伴它左右

你是一条蛇啊
你怎么就，哎呀
你怎么就不避开呀
你怎么忘了你是蛇

躲在石板下也行
躲在屋檐下也行
你是一条没有长角的“龙”啊
你还无力与雷抗衡

啊，作为人妻，你是完全合格的
一桩桩大事小事都在说你好
啊，我就放心了
你虽然属蛇

送葬

他们都在说
牛、蛇，是鸡的吉尔①
他们都说是送葬了
灵魂要被她带走

可他们哪里知道
我的心情。送亲都没有我
回想当年
你是最小的两个弟弟来送你的

可他们哪里知道
我的心愿。我送你到阿居勒界②
你就不回来了
永远不会回来

如果你回来，就变成大雁来
大雁一年来一次，相思留给我们
如果你回来，就变成布谷鸟来
布谷鸟一年来一趟，催人奋进

然而，他们都在说
牛、蛇，是鸡的吉尔
可他们没有谁清楚
我在背转身来的心情

---

①吉尔：彝语，是指人死了后，成为神佑，如某某家的先人成了吉尔。所以说吉尔翻译做神佑。

②阿居勒界：彝语，是彝族传说中的地名，相传，人死后灵魂必到的处所。

一棵树被砍倒了①

一棵树，一棵水冬瓜树
被砍倒了

这棵水冬瓜树
是为了你而被砍倒的
你呀，为这棵水冬瓜树而生的

一棵树，一棵水冬瓜树
被砍倒了

这棵水冬瓜树
是我的妹妹，你哟
为葬你而准备的

一棵树，一棵水冬瓜树
被砍倒了

去砍树的人
回来说：点起两把火把
把水冬瓜树烧得很巧妙

一棵树，一棵水冬瓜树
被砍倒了

---

①彝人死后，按照风俗习惯来说，一般都要进行火葬。火葬的当天，由指定的人一早就去砍倒一棵树。所砍倒的树，什么树都可以，但是一般来说，松树、水冬瓜树居多。彝人有个不成文的规定，一但某家人出生了一个孩子，某家人就必定去栽一棵树。待到孩子长大后，一生要植几棵，完全由孩子自己定。“两把火把”，彝人死后，由两把火交叉烧柴来焚尸，这两把火是家里带出去的。在去的路上，一定要让两把火走前、抬尸体的人走在后，而且两把火不能中途熄灭。

水冬瓜树，结束了你的一生
你的亭亭玉立的身段
和水冬瓜树挺相配

一棵树，一棵水冬瓜树
被砍倒了

是为了你而砍倒的
你呀，是为这棵水冬瓜树而生的

挽歌

一只鸟儿屙屎
在孩子的头上
我让我的孩子做着法事
高明的毕摩就在说
鸟儿屙屎在头上的原因
应该听到噩耗
噩耗传来了
怎么是你啊，怎么是你

一只鸟儿唧唧地叫
不分白昼黑夜
从上到下唧唧地叫
从下到上唧唧地叫
我的朋友就在说
鸟儿叫，不分白昼黑夜的鸟儿
传说要死人的讯息，讯息传来
怎么是你啊，怎么是你

难道说你的灵魂
早已成为一只鸟儿了么
难道说属虎的日子
就那么准确无误了么
难道说你在幺弟的病情在梦中
和陌生的男人讨价还价是真的么
睡梦中你说了：只要让幺弟恢复了
你跟他走就对了……

啊，鸟儿屙屎再也不能了
鸟儿不在夜间叫唤了，鸟儿复归了正常
幺弟的病情好转了
可是你，可是你
成了风雨，成了雪霜
还成了吉尔
只留下我喊“阿莫”[①]也只得留下

三弟梦中的你

那天早晨
三弟梦见了你
于是母亲在忙着和炒面、剥鸡蛋
赶快拿起这些
到神龛前敬向你

三弟说，你带着你的
两个孩子[②]

---

①阿莫，彝语，感叹词，在这个受惊时喊出的声音。

②我的妹妹，有过一对双胞胎，但是双胞胎在她出事前就夭折了。

三弟向你说
怎么站在门外
怎么不进屋

你只是笑
只是笑
无言地
笑——
你只是笑

我听见母亲在唤你的乳名了
为了三弟梦中的你
叫你坐上神龛
啊，父母和其他的兄弟一样
你为什么不在我们梦中出现
怕惊扰我们的梦
怕打扰我们的现实

啊，我的妹妹哟
三弟梦中的你啊
你走了，你走后
再也不回来。我
在呼唤你，可你也没有回声
可你为什么不出现在我们的梦中

喊魂①

谁说姐妹苦难了，弟兄不动情

①彝族人过世后，亲人都要喊走自己的灵魂，以便不让自己的魂随着死人而去。

谁说弟兄苦难了，姐妹流眼泪
看看吧，我的眼泪
止不住地往下流
往心里咽，再往心里咽
在众人面前，我强忍着
在夜深人静的时候
我借酒浇愁
一直熬到天亮

谁说老鹰叼走了鸡猪，主人不心疼
谁说老鹰叼走了羊羔，牧人不痛楚
看看吧，我的心灵
落在脚背上了，脚步
在不听使唤地朝前奔
连夜赶到
连雨赶到
风雨不算什么了
我必须赶到出事的地方

看看，还能不能牛羊代替呢？
看看，还能不能金银代替呢？
如果还能，牛羊拿给它
如果还能，金银送给它
天灾的雷电啊
她可是有儿女的人啊
她可是有夫君的人哦
雷电在说：不能啊不能
不能代替，也不能替代
哪怕说是牛羊金银也不可替换

谁说姐妹苦难了，弟兄不动情

谁说弟兄苦难了，姐妹流眼泪
我的眼泪强忍着
我听他们的话
坐在一边，一声声喊魂
喊太阳月亮陪伴我
喊我的灵魂随我来
这是你的愿望：冥冥中看得见
你走你的阳关道
我过我的独木桥

火把节与过年
（组诗）

过年过三天，三天是吃喝完全没有错的，
火把节三天，三天是观赏完全没有误的。
——彝族谚语

日都迪洒[①]

火把节，火把节是从这里发源的
这里的山，依然是那个时候的山
依然是远古的阿体拉巴时候的山
依然是他的水，依然是他的土地
土地啊，他捍卫的土地

火把节，依然是祭奠阿体拉巴的丰功伟绩的
依然记得：天神斯惹阿比不服人间的大力士
依然掀起讨伐的战斗，要跟人间的大力士
人间的阿体拉巴来摔跤决斗，人间有母亲
人间有女性代表作为他的坚强的后盾

摔，勾脚地摔；摔，侧过胸膛地摔
摔，啊呀，摔，摔，高高地摔，肩并肩地摔……
这样摔到天黑了，天又亮了，天又黑了……
最后的结果是天神始料不及的

①日都迪洒，彝族火把节的发源地。

最后是以天神牺牲的代价而告终了

摔死了，天神被摔死了。他不死心地想报仇
化作蝗虫、螟蛾等等来到人间
化作灾难来到人间。啊，有道是地上的大力士
阿体拉巴智慧显人间。阿体拉巴的智慧和他的
力量划等号的。阿体拉巴把野蒿枝扎成了火把

在农历六月二十四日这天，率领众人点着火把
烧死了蝗虫、螟蛾……到田间，到地头
在山野，在河谷，在丘陵，在高原……
火把节，是这样一代代的沿袭下来
火把节，火把节是从这里发源的

火把节呃，火把节
所有的彝人都化成了的大山又那么多的水
所有的彝人都化成了一座大山又一股洪水
紧紧地相连，紧紧地。日都迪洒啊，日都迪洒
祭奠的可不仅仅是英雄，而更多着祈福安康

火把节

“火把节”在彝语中称为：“都者”，要过三天。它是这样的：第一天“迎火”（彝语是：都社）、第二天“赞火”（彝语是：都格）、第三天“葬火”（彝语是：都沙）。

迎火・都社
（之一）

到处去找遍了，我到处找了

为了火把节，为了过火把节
我是唱着歌儿找遍了山野，田间地头
一把把的火把，我从那些地方找回来
扎成一把把的火把，就是蒿枝，干枯了的蒿枝

我在背柴时找好的：蒿枝啊，一把把的火把
我在背水时找好的：蒿枝啊，一把把的火把
蒿枝不仅肯燃，蒿枝还可以用来辟邪
我还找了枫树枝，把它的皮剥下
编成了“鞭拉”[①]备用，我还喂肥了
一头小猪儿，还有公羊，还有一头公牛
一只大红公鸡，啊，公鸡是必不可少的
公鸡能够驱魔逐妖的，公鸡能够降鬼除怪的

来了的亲人自不必言说，没有来成的亲人
我们的亲人，我们自备了鸡爪，一根鸡爪
挂在火塘上，待到见上他时自然就拿给他尝
啊，谚语说得好：过年可以不过但是火把节不能不过
在农历六月二十四，我们就今天过火把节

赞火·都格
（之二）

我们要去参加选美，选出美男哟选出美女
我们啊，平时，别看我们平时穿着打扮很平常
我们啊，特殊的日子，就看我们的盛装打扮了
我们啊，打扮起来可以羞倒月亮可以醉倒太阳
我们要去选美，在村里德高望重的能人评判中
我们显得泰然自若，但有点不好意思，但这是规矩

①鞭拉，彝语，指枫树皮编的鞭子。

我们要去看斗鸡、斗羊、斗牛和赛马
抱着公鸡去，牵着羊儿、牛儿去。我们要去摔跤
我们骑着马儿去，我们的马哟万人看都是直竖大拇指
牛儿、羊儿和公鸡自然斗胜了，摔跤也摔赢了
看看哟，我们的姑娘选美选出来了，还有美男也选出
看看哟，我们的父母亲是怎么样的慈祥又怎样的从容

最热闹的一天，最心醉的一天，最美好的一天
我们却不忘了火把，火是彝人现实生活的写照
我们却不忘了火魂，火是彝人的精神与灵魂
我们要举起火把，把山山水水都照亮
我们要举起火把，在醉人的友谊中
在哥爱妹来妹爱哥的以身相许的浓情中
在“都洛荷”的悠扬的古歌中

葬火·都沙
（之三）

啊——则——伙——，啊——则——伙[1]
啊——则——伙——，啊——则——伙

啊——则——伙——，啊——则——伙——
跟着我来呀，你说我笑，我说你开心，我们是最最开心
跟着我来呀，你坐一头，我坐一头，我们俩来荡磨儿秋
跟着我来呀，我有枫树皮编的鞭子，甩起“啪啪”地响
跟着我来呀，火把最真诚我们去跳集体舞就是“达体舞”

啊——则——伙——，啊——则——伙——
跟着我来呀，我的火把最明亮烧死害虫我们一起烧啊

① “啊——则——伙——”：在农村，彝族大人小孩都要唱的“火把节的歌”。

跟着我来呀，一群群的集体我们厉害还是妖魔鬼怪厉害
跟着我来呀，内心的寂寥是我们，我们要克服，再克服
跟着我来呀，外表的快乐是我们，我们要争取，再争取

啊——则——伙——，啊——则——伙——
跟着我来呀，我的火把最热烈我们一起做一个火把的家
跟着我来呀，我们火把照着白天的路途照着冥界的处所
跟着我来呀，我们去相亲相爱可能还会找着爱我们的人
跟着我来呀，月亮在后半夜徐徐地升起来了太阳早收工

啊——则——伙——，啊——则——伙
啊——则——伙——，啊——则——伙

库施·过年

过年，在彝语中称：“库施”。也要过三天，它是这样过的：第一天“杀猪”（彝语是：“库施”）、第二天“喝酒”（彝语是：“库更”或“支一波”）、第三天“送祖灵”（彝语是：“库久”或“博几”）。

库施·杀猪
（之一）

临近“库施”的时候，屋后的柴垛子已经摞好了，锅碗瓢盆已经清洗完成。青幽幽的松枝叶叶填满了堂屋。那天，一大早，最重要的活动就是杀猪。杀猪宰好后，煮熟，就约请先祖到人间来和自己的儿孙过年了。

——题记

杀猪了咯，杀猪！不要母猪不要公猪我只要

喂肥了的过年猪。我要过年，我们要过年
一年难得相聚一次，一年难得相亲一次
我们最自由自在地过个年，选好了日子
我们过年，在秋后天好无云遮路好无绊石的日子

乞求先灵下来坐到神龛上，和我们过年
先灵保佑我们平安快乐，我们又一起过了
很多个日子，我们是没得过一个小小的感冒的
感谢先祖啊，先祖是不会摒弃我们的，冥冥中
我们先弄蕨草来燎一下，然后
再用沸水来把毛发烫干净
我，我们要看看肥猪究竟肥壮不肥壮
我，我们要看看猪苦胆究竟饱不饱满
妖魔鬼怪让位了，所有痛苦和苦难也都让位了
因为我们过年，因为我们有先祖庇佑啊
因为我们过年，因为我们有坚强的精神和肉体

猪杀好了！好啊，猪也肥壮猪胆也饱满
过年猪，快把敬献先祖的猪肉敬过先祖
然后，我要过年，我们要过年
一年难得在一个“瓦惹”①里舀饭吃
一个“库木”②里舀汤喝
啊，我们自由自在地过个年，最自由自在的

库更·喝酒

（之二）

到了第二天就是彝语叫“库更”，也称为“支一波”。“库更”，就指一个玩耍年，有“支一波”，有小孩玩耍猪脚杆……“支一

---

①②瓦惹、库木，彝语，指盛饭和装汤的篾钵和木盔。

波”，指大家活动起来，一起成群结队挨家挨户地搜刮喝酒的意思。到那一天，主人家很愿意让他们玩耍高兴，当然，主人家事先准备好了酒，彝族是没有哪一家没有酒的，也是在众人的玩耍中没有那一家玩耍脱了的。

——题记

你家有酒吗？他家有酒吗？我们
可是要来搜、要来搜，那是祖宗留下来的规矩哟
我们不敢违抗，我们只有去遵照执行
我们只喝一点就行了。这一点点啊
一点点给你们送去祝福
一点点给他们送去平安

不要以为我们是说酒话，我承认我们爱喝酒
但是，这是祖宗留下来的规矩，也是变中求静的
但是，我们深深懂得这个酒啊
酒喝多了会误事，少喝一点有好处
这一点，我们有谚语
这一点，刻在我们的心口板板上的啊

你家有酒吗？他家有酒吗？我们
可是要来搜、要来搜。我们还要去下一家
啊呀，可好啊，你是准备起了的
啊呀，走，你家的男人该跟我们一起到下一家去
或者一个男孩也和我们一起去。女人嘛
无论如何都不准去，女人嘛，在屋子里

在屋子里，她有事情可做的，你不用担心
……你家有酒吗？他家有酒吗？……
酒啊，你家准备起了，他家准备起了
只是，我们是按照习俗按照习惯在风靡

只是，在像一件妈妈缝制的衣裳在农村
浓浓的情谊传遍周身，在机关里
想起也就知道妈妈缝制的衣裳有多么重要

博几·送祖灵
（之三）

这天，彝语叫“博几”或“库久”，送祖灵的意思。过了三天就算过完年了。大清早，父亲在做着护送先祖的饭和肉，母亲就引领我们躺在松针上嘱咐先祖……

——题记

他们是要回去的，我的祖宗们
祖宗要回去。一大早，母亲像领头的绵羊一样
教着我们，我们学她，躺在青幽幽的松针上
父亲呀，我们的父亲给他们做了早饭：一碗烧酒
一碗烧肉，一碗和好的炒燕麦面团。敬献在了神龛上
我们乞求先祖，庇佑我们有睿智的思想和强壮的体魄
我们乞求先祖，庇佑我们五谷丰登，牛羊成群……

他们是要回去的，朝祖先生活的地方
他们只留下一双眼睛在注视着我们：我们向新年问候
我们向新年开始自由而勇敢地迈步。谁都知道
他们是无时无刻都跟着我们的
我们离家，还是回家，我们的灵魂都一样的安康
都一样地对他们热爱，直到永远、永远……
都一样地对他们顶礼膜拜，直到永远、永远……

他们是要回去的，待到明年过年时
才能够和我们一起过。这当中我们是多么的荣耀啊
因为他们是我们的运气！啊，我们好幸运啊

在天地之间，他们的生活场所
而他们是一双眼睛注视着我们，只是我们看不见他们
有了先祖的庇佑，我们绝无半点的病痛、半点灾难
在悠远的土地上，在空旷的天空下

兹兹普吴[1]

啊，所有的所有的一切的一切都为了你啊
就连我都是你的，我的爱情也都是你的
啊，兹兹普吴啊，兹兹普吴
祖先生活的地方，让人时常想念的地方
你在南方，我怎么觉得你在北方
你在东方，我又怎么觉得你在西方

啊，所有的所有的一切的一切都为了你啊
我的生命是你的，我的梦想也都是你的
啊，兹兹普吴啊，兹兹普吴
祖先生活的地方，让人时常牵挂的地方
你在天上，我怎么觉得你是在地上
你在地上，我又怎么觉得你在天上

啊，所有的所有的一切的一切都是你的啊
我的清醒是你的，我的糊涂也是你的
啊，兹兹普吴啊，兹兹普吴
祖先生活的地方，让人时常喝酒都在想你
你在我心里，我怎么觉得你是那么地伸手可触
你在我嘴里，我怎么觉得你是那么地遥不可及

---

①兹兹普吴，大凉山彝族传说中的祖先生活的地方。

啊，兹兹普吴，祖先生活的地方
所有的所有的一切的一切都是你的
总有那么一天，我也成了先祖，你那个时候啊
啊，兹兹普吴，请不要嫌我富裕，也请不要怪我贫穷
我富裕过，我也贫穷过，而且正在经受着
然而，除了你，我什么都没有了

你是我生时所有的一切，你是我死亡过后的归宿
啊，兹兹普吴，祖先生活的地方
其实你啊，在天上也对，在地上也对，不在天上不在
地上也对。不在东方也对，不在西方也对
啊，兹兹普吴，就像出生以后，注定死亡一样简单
啊，兹兹普吴，就像开始以后，就注定要结束一样的

瓦布洼街
（组诗）

瓦布洼街

瓦布洼街啊，我真正走你的山路的时候
瓦布洼街，我才拥有了一副身强力壮的体魄
那时，我还不知道有你的故事
故事中的一个大男人为了娶女人坠下崖
那时，而我只为一整天两块钱就去走你

路的左面是悬崖峭壁
路的右面是陡坡深谷
中间的路途啊，中间的路途是毛路
说准确点，是一条猴子爬行的路
猴子爬行的路，依然要爬行

路的起点是我们的家，温暖而贫寒的家
路的尽头是弯弯的水田啊，瓦布勒拖的
过了你之后，我知道
我就会拥有富有，像现实中的今天
我就会拥有富庶，像梦幻中的明天

然而，瓦布洼街啊
我在爬行过了你之后，汗水淋淋地
我破天荒第一次发觉我成熟了
在爬行你过后。我知道，多年后
我的兄弟的媳妇是踏着你而来的

如今，兄弟成家立业了
如今，我远远地离开你
你还在我的梦中出现，巉岩四起的你啊
你要在梦中出现多久？你才安心
而我们都不再走你就过了

瓦布洼街啊，你留在我的梦中
瓦布洼街啊，留在我的记忆中
虽然我不曾把你铭记在心头，可你分明就是
一条山路，一条猴子爬行的山路
我在梦中把你穿过，虽然
我们都不再走你，就过了

扯木西

我的家，我父母的家在扯木西
扯木西啊，它接受了我们这个家
一条牯牛换起来的，在遥远的时代
那时还没有我，还没有我的梦想

而今依然是我们的家，扯木西
东至一棵大核桃树底下
西至小金洛姑的河沟上
南至悬崖峭壁上
北至大白杨树下

我们家是坐西向东的，扯木西
房前的水田有我的母亲身影
房后的旱地也有父亲的身影

她在种植苞谷稻谷什么的，他在缝补着栅栏
为明天生活得更好一些。可是，他们都老了

有些时候，除了我们，就别无他人
有些时候，除了我们，还有别人呐
在这个扯木西，就是扯木西
一头水牛，在那耙田的时节
把我从狂风暴雨的口中救下

扯木西啊，扯木西
是全世界最美好的地方
它有着高山的作物
也有着矮山的作物
花儿开，果儿结，那是我的祝福

我的家，在远方，连同我的父母的家
扯木西啊，它接受了我们这个家
一条牯牛换起来的，在遥远的年代
如今，我的梦想在飞扬，在远方，在近处

羊皮褂子

给我了贫穷，也有着富庶之后
你还要给我什么，羊皮褂子
给我了先进，也有着落后之后
你还要给我什么，羊皮褂子

你不会是给我一段历史
和历史中的风雨和太平
在这个老人的摆弄中，你变得

越来越昌盛，仿佛永远不会老的

还在罹难的时候
我看见你是一片天，尽管天有着阴晴
还在欢乐的日子
我看见你是一爿地，尽管地有着圆缺

你不会是给我一个梦想
和梦想中的潮起又潮落
我看见，你穿在年轻人的身上
越来越朝气，仿佛永远不会死亡的

还在贫穷的时候
我看见你是一棵草，足以救命的草
还在落后的时候
我看见你是一根线，足以让生命发光的

给了我贫穷，也有着富庶之后
你还有什么要给我，羊皮褂子
给了我先进，也有着落后之后
你还有什么要给我，羊皮褂子

瓦板房

把低矮的瓦板房揭去，我们住哪儿
我们是灵魂，一年要敬一次的祖先
我们是实实在在的人的精神
把低矮的瓦板房揭去，我们住哪儿

揭去瓦板房，随之而来的是高大的砖瓦房

宽敞而明亮的，你看窗子你看门缝你看烟囱
全部新崭新崭的，看我们的头脑梳洗得干净
在悠远的大凉山上，在临近的大凉山下

揭去瓦板房，揭去代表着落后愚昧的标志
随之而来的是代表着新生事物的砖瓦房哟
我们不是一成不变的（这也证明了如此）
我们是希望一年更比一年好过的啊

把瓦板房揭去，瓦板房只成为一种记忆
随之而来的是不能忘了本
随之而来的是家家都快乐户户都安康
在砖瓦房里，在砖瓦房外

谁说我们是“老古董”
说这句话的人该挨打
有什么不可以呢？！住进崭新的砖瓦房
我们可不是一成不变的

把低矮的瓦板房揭去，我们住进砖瓦房
要敬我们的猪呀羊呀都可以在砖瓦房里敬
儿孙们。我们是神灵，我们是人的精神
我们可在大凉山的每一个角落，在屋里屋外

草鬼

把它们放在岔路口也对
把它们放在树丫上也对
它们走了，我们才得以安康
才得以健壮的体魄，才得以精神又精神

它们是在毕摩的侍弄中
才渐渐得以像一个人，人的骨头
不像人的面容，就只像人的骨头
它们在毕摩的操持中，已离我们越来越远

草鬼啊，草鬼。男鬼的形象也是
女鬼的形象也是，都在这个草中集合了
草鬼啊，草鬼。老人的形象也成
小孩的形象也成，但是，它们都成了鬼

也许连人都是大自然的，不要说草鬼了
大家都来唾弃它们，大家都来摒弃它们
摒弃过后我们还要扎草鬼
唾弃过后我们还要继续送鬼

它们是走了又来了，来了又走了
不管放在岔路口上，也不管放在树丫上
也许在梦中，也许在清醒时，周而复始地
所以，我们还要扎草鬼，我们还要送草鬼

而我们自己是不是鬼？我不知道
我们只是一味地说着比鬼都害怕
在屋外的沟壑间，在屋内的房梁边
屋外有青山绿水，屋内有香喷喷的饭菜

想起约特斯里①

我在百无聊赖的时候，想起你
约特斯里，你是我的一个先祖
我在忙忙碌碌的时候，想起你
约特斯里，长长的家谱中记载得有你

是怪那只黑鼠精么？你为何要活得那么长！
三百六十岁，我只知道一年要
过三百六十个日子，是不是这个意思呢？
是怪那些神人么？他们为何要把你杀死？
天上的神仙，地上的凡人
神仙和凡人区别又在哪里？

要怪你的那个女人？你的女人没有错！
她只是说出了最根本的问题而已
是怪那些煮着石头的人？
他们使得你脱口而出，你像一个三岁的娃娃
是啊，你活了三百六十岁，这没错
要怪就怪那些和你一样的人，他们伪装着
使你说出了让他们所希望得到的答案
——啊，就是没有见着煮了石头让人吃啊

沉着着的你，仿佛一切都不怪

---

①约特斯里，彝族传说中的人物，相传他活了三百六十岁。传说，三百六十岁时，天地间的神人要来结果了他的命。他在人间就跟凡人一样，没有区别。神人呢？苦于没有找到他。正在这时，他的妻子给那些神人说出了一个方法——煮石头来引诱他。他果真上当了，并说出了：“我活了三百六十岁，见都没有见过还有石头煮了吃的啊”。于是，神人就找到了他，并把他的命结果了。

约特斯里，是彝族古代活着最长的人物了，是远古的真正的“寿星”。今天，我特地看到在我的家谱中有他的名字。在遥远的年代，而这个故事给我的启示是，人为的操作一多，“就麻烦了就乱套了——连性命都难以保全”。

烦琐的一切，在你看来都是很自然
自然得吃饭穿衣一样的平常
而你要说什么？仿佛有话要说
在历史的根部嗫嚅着，而又听不见
而我在历史的这边，我看见你
和你的身边一切都是那么的真实又可信
听听哟，约特斯里哦，世界啊，只在
睁开眼睛和闭上眼睛的瞬间

啊，听出来了，我听出来了
约特斯里呀，约特斯里
历史是条长河，你在那边，我在这边
我在这边也听出来了你说的话——
一切都要在自然中，就像你的死和我的生
人为的东西一多就乱套了就麻烦了
否则——连性命都难以保全
你是我的一个先祖，约特斯里
长长的家谱中有你的一笔，约特斯里
该忙什么就去忙什么！你仿佛在说
喃喃地。仿佛让历史的浪花离我很近、很近

神铃

你不是传说，你仅仅是一个铜铃
摇起来叮当叮叮当作响的铜铃
你在凡人手中，并不妖娆
而你在毕摩的手中的时候
神灵也就附体。面对生与死
是什么给你以超凡的力量，我想问
神秘复神秘，仅仅是你的躯体么？！

你不是童话，你仅仅是一个铜铃
在工匠手里一步步成铃，成了铜铃
摇起来叮当叮叮当作响的铜铃
而你在毕摩的手中
天地都在你的招引里
阴阳在你的口中萌生和死亡
虽然我们听不懂，压根就听不懂

你是不是桎梏，你是不是束缚
而你什么也不是，又好像什么也是
你在是与不是之间，你独领风骚
而在一个人做梦的时刻，你就幻化出了
是剽悍的骏马，是大骟羊，是大牯牛
你是一只蚂蚁，你是影子
啊，这一切都在头脑中，你就是

虽然传说与童话在我们身边
随处可见，随处可摸
虽然桎梏与束缚在我们身边
像孩子的脸蛋，像老人嘴边的寡酒
但你更像一种风情
铜铃啊铜铃，神铃啊神铃
你像风中摇曳的苞谷，像吐露含羞的土豆
最终的你——更像自然之音，有点凄婉的

裂变

我的夫人做了一个梦
她梦见她的牙齿掉了

我也做了同样一个梦
梦见我的牙齿也掉了

她梦见的是上面的牙
我梦见的是下面的牙

她梦见她长出了白生生的小牙
我的梦只见掉落并不见出小牙

她梦见，她在向屋顶上抛去
乞求着先祖给予她新的牙齿

我也梦见我坐在空旷的原野上
原野上空乌云密布，狂风怒吼

啊，她梦见的是幸福
啊，我梦见的是苦难

这，这，是不是一种裂变
那，那，是不是一种超越

最终分开了阴阳界限，不管上阵是
猛虎，还是绵羊，都为一口气而活着

在大凉山，在小凉山
在拉布峨卓，在呷尔莫波

小鸟已归巢

布满阴云的天，铅灰色的

没有了晚霞，没有了朝霞
那是冬天了？！是的，是冬天了
仿佛要下雪，只是一股风儿吹起
冷飕飕的，直吹得让人把身上的披毡
御寒的家什，重又披起
只留一个面孔露在外面
披毡啊，裹了又裹，裹了又裹的
心想把安石板①撤回来了，撤回来了
因为小鸟啊，小鸟也需要个温暖的家
因为小鸟归巢了，小鸟已归巢

遍布艳阳的地，绿幽幽地
没有了斗笠，没有了蓑衣
那是春夏秋？！不是，也完全是
还是那股风儿轻轻地吹，吹起人多凉快
汗衫淋淋的，在这个春夏秋的季节
又在播种，又在生长，更是在收获
在繁忙的季节中挤出时间来
我想到原始森林里去，把绳套撤回来了
把猎取小鸟的绳套取回来了
因为小鸟啊，小鸟也有温暖的家
因为小鸟要归巢，小鸟已归巢

小鸟已归巢啊，小鸟已归巢
要栖息于我为它做的巢，然后明天又要起飞
再然后，后天又要叽叽喳喳地说感谢我——
我把所有安石板和绳套都尽数毁坏了

①安石板，彝语叫作“尔帝吐”。在故乡，这是一种捕捉小鸟的方式。具体来说，用一个长20厘米、宽10厘米，或更大一点的四方石板，由木架支撑起来，把小鸟爱吃的昆虫、燕麦等之类放在里头，用以引诱小鸟，小鸟一来，石板落下把小鸟砸在里面。木架，有的是专门加工了捕鸟用的，也有的是不加工而使用的。

啊，亲爱的，你感觉出了我的良苦用心了么
你不是在说我能把天上的飞鸟骗下来了么
不是骗，事实上在用爱情的种子
去喂它们，我的小鸟们啊，归巢的小鸟们

措雀阿妈·吃人婆①

你在传说故事里时常出现
你在每个彝人的口里出现
而你给我的印象是最深刻的
你的锋利手指，想劈开人和人的情感
因为你总是学不会，学不会人的情感
在油菜花盛开的季节
在砍竹子回来的路上

油菜花开的季节
雨丝霏霏扬扬地下
我的大脚拇指被荆棘刺伤过
而你在那传说里，变成一个竹篓滚呀滚的
滚过了山川，滚过了河流
砍竹子的季节
青草繁茂地生长，树上在结果
我一不留神，右手抓住了一条很大的蛇
而你在故事里，你遇见两姐妹
一个就懂事，一个不懂事
懂事的，不愿意到你的怀抱去睡
她还取了麻，放在火里像鞭炮一样炸
她口口声声地说着这是她身上的虱子

①措雀阿妈：彝语，指野人（猿人）婆、吃人婆。

而你啊，你却相信了她们的话
致使你把自己的孩子当成了她们
在你的锋利手指下，成为你的一道佳肴
而我在因脚疼而休息的时候，想起你可笑
我在抓住了蛇而抛弃它，而生发恐惧感
而又镇定自若的时候，想起你就发笑
事实上啊，聪明没有人聪明
你想过没有？她们把你的孩子对调了
在床铺。你依然还要学人的情感人的思想
结果你是抓了芝麻，而丢了大饼
结果是你的血液流成了河流
结果是你的躯体变成了大地啊
残缺的是你们，圆满的也是你们
你和你的孩子。果真是你的吗？问猎手去
猎手已成了传说故事里的人
就连你也成了传说和故事啊

油菜花还在盛开，伴着你的故事
竹子还要砍伐，朝向深山老林
我在想，人啊，不愧是人
我为是人的后代而感到骄傲
因为你总是学不会——人——我们的情感
在你的手指神秘间，我有怎样的命运
伤痛？！受过一点的伤痛算不了什么

资迪·野人①

传说，他们是没有膝盖骨的
双脚，只能直直地站立
可他就像一棵树，高大的树
可他的一双手，挺灵活地
灵活的一双手
把我们的思维紧紧攥住

传说，他们一见人就嘿嘿地发笑
可脸上毫无表情
脸上没有水可言
我看他就像熊，或者像虎
更像一根线，流入眼帘的线
把我们的呼吸呼得潮起又潮落

他的传说，他的故事
山岗也愿听……河流也愿听
我们就讲着他的传说和故事
一些传说挂在屋檐上
一些故事流淌在火塘边

而这么多年了
我从一个小孩长成了大人
我从懵懂走向了清醒
他的形象，朦胧而又清晰
一如我对世界了解，永远不可改变的
清晰又朦胧

①资迪，彝语，指野人。我的家乡，有关于野人（猿人）的传说。野人的传说，比比皆是。

屋后的树木和竹子，我去找了
屋前的苞谷和土豆，我也去找了
资迪啊野人的踪迹。我的思维在等待
等待着他进入我的梦乡，我的现实
告诉我：这不光是他的传说，而是任何人的
影子。在日渐清晰的日子里

三星堆啊，三星堆
（组诗）

任何一个民族，都逐水草而居，比如说从人类起源就看得出来。我去看三星堆时，这种感觉是无比强烈。三星堆啊，我来了！我和我最亲爱的人来了：“我”，现实生活的我；“我最亲爱的人”，是灵魂深处的我和她……

——题记

鸭子河，一条流淌生命的河

我要到鸭子河畔去，因为它有三星堆
我要到鸭子河畔去，因为它有宁静的河水
我要到鸭子河畔去，因为它流淌的生命
使我不得不去啊，不去也得去

青青的草，绿茵茵的河畔
几只野鸭在戏水，在飞翔
夜幕将要降临
黄昏的幕布，在水面上行走

就连那个太阳，也睁开了困倦的眼皮
睁大困倦的眼皮
盯着这样的一对新人来临
欣喜地，遥遥相祝福

我已来到鸭子河畔，我们坐在三轮车上

我已来到鸭子河畔，我们逮着梦幻的衣裙
我已来到鸭子河畔，我们要去看看三星堆
鸭子河啊，你流淌着的原来都是生命

我，没有来到你的面前时
我听也没听说过你的名字
我来到了你的身边你的河畔，多么让人
想念的名字哟，你的名字朴实又充满了诗意

青青的草，绿茵茵的河畔
我走过无数条河流啊
只有你才是让我刻骨铭心的
只有鸭子河畔，我真的想洗洗澡

我在你这儿自由自在地游弋
你啊，流淌生命的河流
使人忘掉世界上所有的嫉妒、丑恶……
使人记起来了世界上的所有真、善、美

二〇〇六年四月二十六日，夜色多美好

到哪里去找这样美丽的夜色啊
像没有人越过的河流一样
清澄见底，清澄见底

到哪里去找这样美丽的夜色啊
像没有人翻越过的大山一样
原始森林密布，芳草萋萋

到哪里去找这样美丽的夜色啊

月亮和太阳相会了
星星在遥远的夜空中一闪一闪地
眯着眼睛微笑在我们的梦想边缘

到哪里去找这样美丽的夜色啊
我想起冬天有个温暖的火塘
我想起夏天有间舒适的房屋

在三星堆，在鸭子河畔
我开垦了处女地，处女地一开垦
就会有丰收，有丰收在望

在三星堆，在鸭子河畔看见
我的心灵在一个凸起的眼睛身上留驻
这眼光来自哪里呢？去向哪里？……

到哪里去找这样美丽的夜色啊，到那边去
到森林的那边，我在押上我的生命
到河流的那边，我在押上我的灵魂

二〇〇六年四月二十六日，这样的夜色
到哪里去找这样美丽的夜色啊
我知道，我一生都要爱三星堆的了

我看三星堆

三星堆啊，三星堆
我看到了你，我看到了你
你是远古积攒下来的，你埋在地下那么多年
有谁理解你呢？

有谁了解你呢？

我看见你啊，你是那么的古朴
仿若冰层里敲打的
仿若岩石里锤打的
你为什么沉睡了几千年，几千年啊
你为什么几千年了一直无人知晓？
而在什么时候你才暴露于天下？
而天下为什么因你而闻名？
你真的是商朝的遗风？
你真的是巫师的祭祀？

你是生不带来哟，死不带去？
你是一个什么样的国度？穿金戴银的你
是一个什么样的国度一切转眼间都化为灰烬
或是一个个的人头，一个个站立或下跪的人
贫富划分的象征
高低贵贱的象征

它们都不过是时间链条上的一个中转点？
在时间的河流泛滥的时候你是抵挡不住？
可是，我看见了你啊，你是那么的现代

三星堆啊，三星堆
你是远古积攒下来的，你埋藏在地下那么多年
一旦暴露出来，震惊世界
我看见黄种人在为你骄傲
我看见黄头发蓝眼睛的人在为你欢呼
我终于理解了你
我终于了解了你

畅谈三星堆

子规在远方歌唱
近处是一只麻雀

我和我亲爱的人儿
就坐在你的院子里，三星堆的院子里
我们谈你的生死观
谈你的病痛观
谈你的梦想的取舍
谈你的现实的窘迫与富有

三星堆啊，三星堆
同一个祖宗传下来的么？
我想起洪水滔天的故事
杜宇三子的故事，就是彝语所说的“阿普度慕”
在那个故事里就讲述了同一个祖宗所生的哟

洪水滔天是不是讲的是成都平原的事？
三星堆可是被一场洪水所埋没的？
我不知道，她不知道，我们只知道
洪水滔天的故事是彝族口口相传
我们还知道我们相爱
就一定要珍惜
就一定要保重

我和我亲爱的人儿哟
就坐在你的眉宇，三星堆的面容上
想你三星堆的事
你的情，你的感
充满了向往又憧憬地

远处是几只麻雀
子规在近处歌唱

礼物

我们要件礼物哦，三星堆啊三星堆
你给我们什么样的礼物呢？三星堆

一个玉葫芦
一个玉兔子

玉葫芦使我想起在开天辟地的时候
我们都是葫芦里诞生的啊

玉兔子使我想起的不是嫦娥
而它使我想定了要娶一个人

玉葫芦在她的身上
玉兔子在我的身上

从此相互依存
从此相互会意
三星堆啊，三星堆
你给这个便够了么？

够了，再足够不过了
你给我们的礼物哦？
礼轻人意重，三星堆啊

眼神

不消说话，就一丝丝儿地注视便够
三星堆的人面部特征就是最好的佐证
眼珠子就眼珠子
往外跳，往外拉，世界都在你眼里

我想起我最心爱的人说过的话
她说："省去很多的话，如果我们在一起
从眼神就能表达我们所要表达的内容"
它能够表达什么呢？
它能够表达什么意思呢？

不消说话，就一丝丝儿地注视便够
三星堆的人面部特征就是最好的佐证
眼珠子就眼珠子
往外跳，往外拉，世界都在你眼里

是表达我们之间的爱慕
是表达我们之间的情谊
眼神啊，三星堆的眼神
它不仅仅是我能够理解的这一点问题
它所能够表达的是什么意思呢？

不消说话，就一丝丝儿地注视便够
三星堆的人面部特征就是最好的佐证
眼珠子就眼珠子
往外跳，往外拉，世界都在你眼里

哦，它所期望变成了祈望
又从祈望变成了企望……

三星堆啊，三星堆的文化是这样的
我仿佛置身在一种远古的文化当中
熟悉而又陌生地盯着它的刻画符号
熟悉而又陌生的在眼神中

古城

我来了，我们来了：古城，月亮湾的古城
曾经是一片繁荣昌盛的古城
街道林立
小店开业
人来人往
熙熙攘攘

可是啊，古城在前面吗？
还是三星堆在前面

我来了，我们来了：古城，月亮湾的古城
曾经是一片抵御外来的文化的疆域？
没有金戈铁马
没有杀戮遗址
它拥有的，只是巫师的祭祀
和通向九层天的法器

可是啊，古城在后面吗？
还是三星堆在后面

我来了，我们来了！古城，月亮湾的古城
我和我最亲爱的人来了
我们坐在一个地方小憩

这个地方，是以前的古城的中心
他们不会看见我们的，他们会看见的
他们不会听见我们的，他们会听见的
他们是古城的精灵，他们是我们的爱情见证。可是啊，
古城是建于好多年的？消亡是好
多年？三星堆又是好多年的？……
古城就是三星堆？！

鸟身人面像

飞翔吧，飞翔吧，你个鸟身人面啊
飞进我们的梦里
飞进我们的现实里

我看着你，鸟身人面像啊
我的幻想多多，任何事物都在你的面前逊色
我的梦想多多，任何事物都在你的面前丰满
你的翅膀飞起来了
我的梦想飞起来了

在这个三星堆所有的饰物里
我就是情有独钟的你，鸟身人面像
我想起我们也是鹰的后代啊
我们也是鹰的图腾
我们怎么不想像鹰一样展翅高飞？

飞翔吧，飞翔吧，你个鸟身人面像啊
飞过了我的田野
飞过了我的森林

你飞起来了吗？你到我的梦想的草原上来
你飞起来了吗？你到我的现实的山顶上来
你飞起来了吗？你到相亲相爱的田地来
你飞起来了码？你到相帮相助的河流来
你是否能够承受得起我们？！你是承受得了的

在这个三星堆所有的饰物里情有独钟的你
你使我的想法多多
你使我的做法多多
我看着你，鸟身人面像啊

她看着你。鸟身人面像啊
我们都在为一个目标而努力

飞翔吧，飞翔吧，你个鸟身人面啊
飞进我们的梦里
飞进我们的现实里

金手杖

我听过这样一个故事
故事中的主人公是大王
他拥有了金手杖
可是，欺压百姓
百姓在他的手里民不聊生

我还听过这样一个故事
故事中的主人公依然是大王
他拥有了金手杖
他点任何东西都成金

他的百姓以拥有他为荣

一个故事的主人公为人猖獗
一个故事的主人公为民考虑
金手杖啊，金手杖
面前的金手杖是哪一个人的呢？

在遥远的古代，遥远的，遥远的
金手杖属于哪一个呢？哪一个？！
属于一个作威作福的人？！
属于一个晓明事理的人？！

哦，金手杖，金手杖
你怎么就钻出来了呢？洪水泛滥之后
你是什么意思……看见了你啊
你像我梦中的金手杖
你太像我醒了的金手杖

我不管你了，金手杖啊金手杖
你的一身都包含了纯金，可是我认为
你是一点都没有我想要的东西
我在想我亲爱的人儿了，我在想
我亲爱的人儿也在想我了

神树上的第十只太阳鸟

我在寻找，我在寻找
一只太阳鸟儿，那一只鸟儿
到哪里去了呢？！那一只鸟儿
我是没有看见那只鸟儿的身影的

我还在寻找那只鸟儿长得什么样

我看见三星堆的神树上就差那一只鸟儿
我在细数着那群鸟儿，刚好就剩下九只
就差只差那一只太阳鸟儿。我穿过
我们曾经使用得当的十月太阳历
就差一只鸟儿就代表着一个月

我看见三星堆的神树上就差那一只鸟儿
就只有九只太阳鸟儿，只有九只鸟儿哟
九，代表着什么呢？除了它自身是数字以外
九，代表什么呢？还代表着血脉、稳当、牢固
——九只鸟儿也对的

可是，我就只看见九只太阳鸟，九只鸟儿哟
一只是春天的布谷鸟
一只是夏天的云雀
一只是秋天的喜鹊
一只是冬天的画眉
……

可是，我还在寻找啊，我在寻找
三星堆的神树上的第十只鸟儿
三星堆上的第十只太阳鸟儿
它隐了翅膀给我看，太像我多灾多难的爱情
它藏了身影给我看，太像我没完没了的生命
我要去看它
也只有在梦与醒的边缘

啊，我这样去认识三星堆的神树的
啊，我这样去认识三星堆的神鸟的

现在，我终于想明白了
现在，我终于想通了
为什么在三星堆的神树上就差一只鸟儿
是从哪天哪月哪日哪时哪刻开始
我拥有着这个梦幻般的现实

月亮，月亮，我的月亮[①]

报载：月亮以每年8厘米的速度，正在离地球远去。它围绕地球旋转的速度也在越来越快……

——题记

万籁俱寂，众星打着呵欠开始进入梦乡……

序

地球（辗转反侧，难以入睡）
月亮（辗转反侧，难以入睡）
地球（终于按捺不住忧伤）
月亮（终于强压不了痛苦）
地球（放声抽噎）
月亮（放声痛哭）
……（时间仿佛过了很久又仿佛只才一瞬间）……

秘语

地球：等一等，等一等
月亮，月亮，我的朋友
从混沌到清朗，我们相随相伴

①这首诗是在二十几年前就写了的，现在收入《命运》是可贵的，因为生态文明在日益加强，我感到百倍欣慰。

从盘古到后羿，我们不曾分离
现在，您为什么？月亮
为什么您要执意远去？
每年还迈出这令人伤心的八步
您的脚步一阵紧似一阵
您的身影离我越来越远
月亮：我的朋友，地球，地球
身不由己，朋友，身不由己
比如我想尽量驻足
但脚步在无形中仍要迈动
而且的确越来越匆忙
一如时光，任随我们停步
但它根本不会在意——
今天无可阻挡地成为昨天
明天依然无可阻挡地来到
地球：纵然这样，纵然这样
月亮，月亮，我的朋友
您为什么不回答我的问题？
月亮：我的朋友，地球，地球
怕您，我是怕您会因此悲伤
原谅我，还是不说的好
地球：我真的怕有一天，我真怕
我真的落得形只影单的孤独无尽
浩渺的银河中
在无边的宇宙里
月亮：我也怕，我也真的怕
我真的成了断线的风筝
无依无靠的飘零
连对您的记忆也变得模糊不清
地球（泣不成声）
月亮（泣不成声）

细述衷肠

地球（一把鼻涕一把泪）
月亮，月亮，我的朋友
是否因为这绿树日渐稀少
是否因为这荒原成片增长
是否因为这……是否因为。
我的满目疮痍，千伤百孔
精灵灭绝，万象晦暗
月亮（一把鼻涕一把泪）
离开您，到哪里倾听鸟语妙音？
离开您，到何处扑鼻花香芬芳？
可是谁能阻挡这无知的破坏
生态失去平衡
万有引力受到毁灭性的锯割
地球（恍然大悟，而无可奈何）
啊，“人”，怎知我裸露的骨头寒冷与日俱增
他们殊不知仙景不在天上，感望高过能力
他们怎想到给人间以爱惜，为了眼前蝇利
然而，月亮，月亮，我的朋友
让我对将来无辜的子孙
让我怎样向他们告诉——
什么叫月光如密
什么叫花前月下
月亮（心情沉重而无可奈何）
啊，我的朋友，地球，地球
我们除了无能为力还是无能为力
我们的手不在我们身上
我们的脚不由我们支配
现在，现在我最伤痛的也是
不敢想象的将来，离开了您

谁的爱情的灵感还会为我引燃高尚的火花
睿智的头颅在子夜里接受毫无杂念的亲吻
地球：这一切，我的朋友，这一切
难道不能弥补了吗？
尽管浓血的洪水仍不知何时杜绝殷殷汹涌
月亮，月亮，我的朋友
月亮：哎——！我的朋友，我多么希望
这河水夜间都重归甘洌清澈
一夜之间所有枯木复生
万有引力在万象复苏中拉住我，拉住我

企盼

地球（抹着眼泪。突然惊喜）
等一等，等一等
月亮，月亮，我的朋友
我忽然感到有谁像魅动的春虫在醒来
我同样清楚地感到它在给我疗伤
月亮（显露惊喜。但很快复归悲伤）
这能行吗？我的朋友地球，地球
孤立无助的行为，怕只怕
这万有引力还未恢复元
我就已脱离了您我相吸的磁场
地球：等一等，等一等
让我唤醒所有的孩子
让我鼓足所有的精力
叫它们全力弥补过失
叫它给我们以最快的希望！
月亮：来不及了，只怕来不及了
那永恒在离合的亘古中轮回生死

地球啊，我的朋友，地球
还是让我这不能自已的快速的脚步
多看看您，多看看您
地球（望着月亮
再一次陷入了无边的悲伤
泪水滚滚）
月亮（绕着地球
距离越来越远
速度越来越快）

尾声

地球（仍然在无声地旋转
仿佛什么也没有发生）
月亮（也在无声地旋转着
仿佛什么也没有发生）
……时间仿佛过了很久
又仿佛只才一瞬间）……

万籁俱寂。众星打着呵欠睁开惺忪的眼睛，准备于夜空中引退。

2000年3月5日写就

在岔路口回荡的幽灵

一个人

有一个人，从我的梦中经过
从我的现实里经过，他和我
在梦中像兄弟一样喝酒
在现实中行如陌生人

有一个人，从我的梦中经过
从我的现实里经过，她和我
在梦中她答应给我当妻子
在现实中像蝴蝶一样飞舞

他哟他，她哟她
我认不得他，我认不得她
我又好像见过他，像见过手板和手心
我也好像见过她，像见过脚背和脚心

不知道了家谱，更不懂得彝族的风俗习惯
连彝语，都不懂了的人啊
他的父亲或母亲是异族。还有他哟
他或许就是彝族。还有她哟
但是，比哪个都还爱自己的民族

他或许是我的兄弟姊妹
她或许就是我的儿女我的情人
我就爱他，我就爱她
至少我的爱分一半给他们。这个人哟
虚心接受我的说教

史洛史日波[1]

高处不胜寒，史洛史日波
你告诉我的就是这个味道
想当年，一个男孩，在你的怀抱中
牧羊、打柴、捞木嚅……我的
牛皮绳可就给你了
被你藏在哪儿了呢?

我寻找啊，我寻找
谁知道“高处不胜寒”的味道呢?
一步步地朝你的山顶靠近
一步步地远离温暖的土墙石板房
举目四望，在我身边的人都落在了
下边，只留下我形只影单

我是找寻你的牛皮绳啊，史洛史日波
因为你是我的故乡的高山
因为你是最亲我的最爱我的
我走过爷爷的道路，我为了寻找
我走过阿达的弯路，我为了寻找
我在走着自己的路，我为了寻找

历史的沧桑，现实的奋斗
我是找寻你的牛皮绳啊，史洛史日波
我看见了不该我看的东西

①彝语，指四川九龙县三垭乡内一座高山名字。

我看见了应该我看东西
我在失望，我在希望
在你的牛皮绳上啊

我看见了白天与黑夜太分明
我看见了痛苦与欢乐太现实
我看见了很多很多，我孤独的
我看见了很少很少，我充实的
在我的民族中
在人类的系带上

难道你给我的这种感觉是正确的吗？
高处不胜寒，在你给我的牛皮绳上
为了此，我受过伤我痛苦过
为了此，我也被爱情欺骗过
你呀你，还在给我过了你这个山头
还有另外的山头，等着我前去逾越

史洛史日波啊，你是我的故乡的高山
冥冥中的你在冥冥中的指点啊
你的牛皮绳却是在我的内心里血液里
顶着越来越冷。嫉妒心在我的和我之外的
路上潜伏着。但是，高处不胜寒
顶着越来越孤独的冒险，我出发了
我永远是你的一个孩子

史洛史日波啊
史洛史日波波啊，你一直在梦中
出现。现在好了，我也是
人类的一分子。你的名字我默念
史洛史日波，家乡的一座山
世界的一座山

白天与黑夜

我的白天，我的白天
我千万遍地喊你是我的白天
我的黑夜，我的黑夜
我千万遍地叫你是我的黑夜

白天啊，你看见我的在黑夜所做的事情
黑夜啊，你看见我的在白天所做的事情
你们都与黑暗与光明结缘
你们都与欢乐与痛苦结伴

但是你们都是时间
你们都不是时间
我知道啊，我知道
直接指的是什么？我不敢说出

一如我看见的人都一样是人
一如我看见男人和女人一样
平等地对待那该有多好！一如
羊儿一起吃草
马儿一起奋蹄

我的白天，我除了白天流着汗水干活
我的黑夜，我还在黑夜底下守着火炉写诗
人类啊，你们怎么了？你们病了？
病了？不病疼
那谁叫你们分得细细致致

我的兄弟娶上了黑夜
我的妹妹嫁给了白天
我是爱白天与黑夜的啊
说句实话
我也一样地爱！
像爱吃饭穿衣一样

白天它在做着法事超度着祖宗
黑夜也在做着法事超度着祖宗
白天在祈求希望
黑夜也祈求太平

你总是出现在我的梦幻我的诗句里哟
像太阴与太阳
不管我有没有能力
你总是出现在我的起居里我的现实哟
像女人与男人
我都对他们给予与索求

梦魇

“醒来吧，你醒来吧！我的梦”
我听见另一个自我在呼喊
一个在我之外的我在呼喊
我听见他在近似于哀求地说：
“你醒来，你醒来——
我就给你吃煮好了的鸡蛋
我就给你穿最漂亮的衣服
……啊，你醒来，你醒来！”

我听见了这个声音，但我懒得动
我想睡觉啊，在午夜在白天
我听见了这个声音
但一直稀里糊涂地
我就是怎么喊也起不来

“醒来吧，你醒来吧！我的梦”
我看见另一个自我在呼喊
一个在我之外的我在呼喊
我听见他在近似于商量性地说：
“你醒来，你醒来——
我给你马儿骑，我给云彩耍
我给你一条河，我给你一座山
……啊，你醒来，你醒来！”

我听见了这个声音
但这个声音哟

我清醒着呐，在午夜在白天
我听见了这个声音，我是一直清醒着的
我循着这个声音望去

衣衫褴褛，却又才华出众
个子不高不矮，不胖不瘦……
啊，他才华横溢，却捉襟见肘
在我梦中和现实中站立、行走
他在喃喃自语地说了又说："醒来吧——
我给你太多梦魇了
我应该检讨，我应该自我发现啊"

我是能够说什么呢？！什么都说，什么都不说
面对这个声音，我知道我们相依相存
他是承认了不是自己错误的错误
我有什么还高高在上的感觉
我有什么还停留在地平线下
于是，我说了句使我自己都感到
吃惊的话后就起来了

我说了句使我自己都感觉到吃惊的话
"我听见了：你的话你的呼喊
我实在是在梦魇当中
把所梦的背在背上，几千年不变
把所想的放在心里，再过几千年不变"
我听见他反映着说："我知道了
你醒来吧！我实在是懂了你说的意思。"

听见这句话，啊，终又他中有我
我中有他
我们又言归于好，我们又一起出发了

苦涩的吻

我的吻，离开了母亲
离开了妻子，离开了儿女
我的吻，离开了父亲
离开了兄弟，离开了侄儿侄女
我还有我的吻吗？我的吻

酸涩的，又香甜的。在一个地方上腾飞
我的吻，到田野上去吻
我的吻，到山涧里去吻
你吃过到熟不熟的梨子吗？
那就是我的吻
你吃过到生不生的桃仁吗？
那就是我的吻

酸涩，又香甜的。在一个地方上腾飞。
我的吻，到彝山上去吻
我的吻，到汉区上去吻
我的吻啊，离我更远的地方
也有我的吻
我的吻啊，离我很近的地方
也有我的吻

酸湿，又香甜的。在这个地方上腾飞。我的吻
到过南美洲的玛丘碧丘之颜古印第安人的部落
到过非洲的坦桑尼亚北部的雪温青地野生动物园
到过希腊的乔治·塞菲里斯到过《圣经》……

到过《楚辞》到过唐诗宋词……
啊，我的吻
我的吻啊

我的吻啊，它可是去过很多的地方啊
又转念一想
回来吧，我的物
到珠穆朗玛的雪山之下
驻扎在金沙江边的一个彝人的水桶边上
驻扎在那个彝人的历史文化、风土人情中
我知道，那个彝人有吃的我才有吃的
我知道，那个彝人有喝的我才有喝的

酸涩的，让我说不出来的味道的
香甜的，让我说得清楚的味道的
梦里和醒里也在吻着
贫穷与落后也在吻着
韶华与死亡也在吻着

融进我的眼泪与笑容
我的吻啊，我的吻
在我生之前就有了的
在我死后也还有的
只除了我的三朋四友
只除了我的父老乡亲

苦涩的吻哟，苦涩的吻
绵羊和山羊混在一起了，无奈的
眉毛和胡子哟一起抓了，有生的
啊，我的吻啊，我离开了我的父老乡亲
我就没有吻啊

这样说谁读出了我的吻
我祝福他人生快乐!

饥饿的语言

有一个人叫缪斯，他掌管着诗歌语言
他既老又年轻，他胡子长又长
他鹤发童颜的
他执着手杖又到彝山来了

他在土墙石板房前停留
我给他舀水喝，我还给他最隆重的
最丰盛的晚餐。他吃了抹抹嘴巴说道
“可爱人儿哟，你看起来是比任何人都要好
我看见了一切，可是一切不理我了
我踏着平原逾越高山而来的呀
可是，这饥饿的语言又怎样办？！”

“缪斯受到了不公正的待遇”
我这样想，看啊：衣衫日渐褴褛，蓬头垢面的
缪斯正在接受煎熬啊
他在这个时候来到我身边
我怎么就不给他我的梦幻
是的，这饥饿的语言谁又能理解的呢？
是的，谁又是哪怕给他的拐棍一点就通的呢？

想起我，我曾受到爱情的欺骗
想起我，我曾受到亲情的伤害
想起我，我曾受到友情的误会
这些都不算什么了，不算什么
我知道，他是我土生土长的

我知道他是我外来入侵的
我知道，我爱他就如同爱我自己的生命一样

我们两个在彝山邂逅
我们两个在汉区理解
我知道啊，我知道，他是我的灵魂哟
尽管诗歌在不受任何人亲密的欢迎
尽管诗人在受到任何人的揶揄嘲笑
我知道，我是当定了
像我知道我的名字是这样写的：
俄尼·牧莎斯加

缪斯啊，你就是那个他
叫缪斯的那个他。他哟，掌管着诗歌语言
他既老又年轻，他胡子长又长
他童颜鹤发的
他执着手杖又到彝山来了

抽烟的女人

在一个山旮旯的地方，她抽着烟
抽着一杆兰花烟，烟管长长的
世界是那么的复杂又那么的简单
在山的眼中，她俨然是一种象征
山，形成了她的坐姿
她呈现着山的喜怒
在一个山之外的世界，她抽着烟抽着
一杆香烟哟，烟头短短地
世界是那么地复杂又那么地简单
她背着孩子，孩子在她的眼中
孩子证明着她的希望
孩子证明着她的无奈

我想向她说：快点别抽了
可是怕她的话，又多余我的话
我只好忍气吞声
是啊，她懂得我所说的要得肺癌之类
是啊，她懂得我所说的一切话语的话语
因为她说过啊：我想考虑孩子的事情

她不是在吸毒，吸食给她带来的萎靡不振
她只是在抽烟，抽兰花烟抽纸烟抽精神百倍
烟叶哟，她在说明她家周围都种植
这种植物。长势还肥硕像白白胖胖的小孩
烤烟呈金黄色，让人疼爱
烤烟是她家的经济收入来源啊

抽烟的女人，啊，抽烟的女人
抽吧，抽吧，男人也抽得
你怎么就抽不得啊
只是要注意身体啊

城市与乡村

乡村乃城市的母亲
城市乃乡村的姑娘
我是这样看的，许多的时候

我记得在那一次赶火车的时候
我看见，一个乡下来的老母亲
背着一筐鸡呀鹅的
汗流浃背地说：
我要到我的女儿那里去
我女儿在这座城市里啊

我还记得，另一次在这个汽车上
我记得一个城市的一家子
到乡村去拜年，给爷爷奶奶去拜年
装了一袋的年货

我在想，我的孩子会不会这样子的呢？
要了积木，而忘了乡村的美景
乡村是太老实巴交的了
城市是太过分的超前了
城市与乡村的矛盾是我们自己啊

城市与乡村就放在一个人身上来说
城市充其量就是个乡村的眼睛
乡村倒是完完整整的人啊
我在想，我在想，什么时候

完全分不出你我就对了

我不知道还有多少人在做着城市梦
可是，我想我的这颗心也就是那么一回事
可是啊，我这颗彝人的心
偏爱这个乡村
城市也可以

我偏爱着这个乡村，我偏爱乡村
偏爱有几棵水梨树和几棵桃树
一条清澈见底的小溪和农家的小孩赶着牛儿
偏爱在农家的小院
摆谈山里山外的事情
我偏爱乡村，没有乡村就没有城市的繁华

春雨

你是我渴望了很久的呀，春雨
缠缠绵绵的，像棉絮一样
惊醒了大地，大地上的葳蕤
你呀，不要忘了属于我的
这片土地啊

我是多么地需要你纷纷扬扬地洒
滋润我的土地，复苏我的思想
我的土地干涸了整整一个冬天
这个冬天啊，我的思维与想法
都得不到释放

你是我渴望了很久的呀！春雨
像冬天里，我裹了又裹的衣裳
随着你在玻璃窗敲响的小手在减少
你就站立在窗外看啊
我的举动

该播种了！比如土豆，玉米
播种起了希望，希望在孕育了
啊，你忘了我的这片土地？但是
我知道，在你之后，渐渐地山岗、草原
都披上了绿装，盛开起了鲜花…

可我到哪里找你呀？春雨
你不在春雷的响声里

你不在春风的吹拂里
我寻过山坡，寻过小溪……
山坡啊，小溪都看见了纷纷扬扬的你！

纷纷扬扬地洒落，春雨
我想起我该起床了
阳光明媚的日子啊
就像你在春天一样

你终于没忘了我的这片土地啊，春雨
无声无息地洒落着
纷纷扬扬地洒落着
缠缠绵绵地洒落着
一年之计在于春啊
我思索开始动我的土地

结巴

没有灵魂的样子？！结巴
吞吞吐吐，说一句话
都要说上半天，才说得清楚
我看见你的脖子因为紧张
而憋得通红
像金秋间的红苹果
哎呀，不要紧，慢慢听你说

是不是让老母亲给你招招魂？！结巴
老母亲，还有母鸡或是荞馍馍
一起喊：回来的，灵魂！
你在贪玩着丢了也回来
石板压住了你的脚后跟也回来
听话啊，家里的妈妈做好了饭菜

是不是让老父亲给你招招魂？！结巴
老父亲，还有毕摩或是苏尼
一起喊：回来哟，灵魂！
在汉区赶场也回来
在彝区走亲也回来
听话啊，院子里的父亲已给你
做好了马鞍

我看见你的脖子因为紧张而憋得通红
像金秋间的红柿子
你说吧，慢慢地说

有谁想到生就想到死了呢？
有谁在拥有现在和将来呢？…….

岔路口

岔路口，我站在岔路口
岔路口，我没有站在岔路口
我不知道应该要向左转，还是向右转
我又知道啊，我知道扑向那个方向转

死亡和诞生在我的体内激战
传统和现代在我脑袋里争论
像一个男人，又像一个女人
争着抢着我的牧鞭驱赶着牛羊

如果要选择，我选择死亡，有了死亡
诞生才有机会出人头地
如果要选择，我挑选传统，有了传统
现代才有余地更加辉煌

如果要选择，我选择诞生，有了诞生
死亡就有翘望，死亡才死得有意义了
如果让选择，我挑选现代，有了现代
传统才有展示，传统才在现代里诞生了

我的一边是荣华，一边是乞丐
我的一边是晴朗，一边是阴雨
我的一边是太阳，一边是月亮
哦，都在岔路口那给我碰上了的啊

我做出我的选择过后，我看见他们都在笑我

笑我的癫，笑我狂，笑我疯……
啊，不管那么多了，我就是按自己的思想走
像保守还是开放我自己知道

幽灵

你个幽灵啊，终于让我逮了个正着

我每天都寻找着你
我每夜都寻找着你

我寻遍了巨山峡谷
我寻遍了大川小溪

我寻遍了毕摩的经书
我寻遍了自己的文化

原来你在这儿哟，终于让我逮了个正着

你在穷苦人的身边
你在富人的腰包内

你在我的儿女和我的侄儿侄女玩具间
你在我兄弟间在我的爱人间

你在我母亲的绣花荷包里
你在我父亲的酒坛里啊

原来你在这儿哟，终于让我逮了个正着

你不是神灵哟，你仅仅是个幽灵
你是幽灵，你是我作为民族的幽灵

你不是鬼怪哟，你仅仅是个幽灵
你是幽灵，你是我作为人类的幽灵

我每天都在你深情的注目中醒来
我每夜都在你晚安的祝福中睡下

走，走，你终于让我逮了个正着，我们回去

过渡人·大雪[1]

时间在二〇〇六年二月十七日这天停止
时间在二〇〇六年二月十七日这天奔忙

这天啊，我多早就起床
因为在我梦里，我打别人，别人也打我
留下许多感情是真的
我就是想不通他们是为什么而打我
我更是想不通他们为什么遭受我打

这天啊我多晚才睡下
因为在我的生活时，我生活得像白开水一样
可是就有一个想法，一个说不清道不明的
想法，一直困扰着我
让我透不过气来

好的是我的，坏的也是我的。我想了又想的啊
身边有传统的人有现代的人有过渡的人
我心里我嘴里叫他们穿上我的衣服
我完全没有见不得人的疾病
你们尽管穿了就是了

除此之外，我只见大雪飘飘
我想过高山上已经积满了雪
矮山降雨。瑞雪兆丰年

①彝族古代史诗《勒俄特依》里说，一切都是一场雪而诞生的。

我的痛苦我的欢乐，都拿给过渡的人了
——更何况老祖宗也是积雪演变而来的啊

新生的快乐，新生的梦幻
新生就要到了。我庆幸着，我拿着一个酒碗
倒上了酒，醉到天黑，醉到天亮
我在风雪中醉倒
我在风雪中醒来

时间在二〇〇六年二月十七日这天开始
时间在二〇〇六年二月十七日这天结束

哀伤的网

铺开啊，网住一段历史
这个历史的腹部我幺爸的身影
再清晰不过
再糊涂不过

收拢啊，收拢一段历史
这张网啊，我们用彝语称呼他为：“海阔”
我的心，说得是那么地清澈
我的情，说得是那么地明了

一如他伴随我们走过的历史，走进了未来
一如他总是伴随着猎人
一如他把多余的东西甩掉
一如他网住了我们最珍贵的东西

现在，我看他就像看见古朴的衣裳
现在，我看他就像看见隐隐地作疼
啊，哀伤的网啊哀方的网，我不知道
我该不该哀伤，我只是觉得历史的本来面目

谁还看得起陈旧的网兜呢？！
是的，他们都在看网络，在看关系网……
却不是我说的网
我不知道在这张网络间要散什么？

铺开啊铺开，收拢啊收拢

我知道网络是当代的，像电脑网
我却不敢说出我忧伤什么？唉，哭笑不得的

妮查果俄波[1]

我还没有去过那里，妮查果俄波啊
那里的天是晴朗而又阴沉的天
那里的地是白天的黑夜的地
天地所包容的是美丽漂亮的字眼
你啊，使我对你充满了梦幻
你使我充满了梦幻

妮查果俄波啊，妮查果依波
传说是一个漂亮的姑娘
拿着织布机，还拿了牧鞭轻轻地赶着羊群
她织起了布匹，招来蜜蜂和蝴蝶在这个布匹上
舞蹈。她到梦幻的边缘去放牧
在我的梦幻的边缘

妮查果俄波啊，妮查果俄波
现实是一个历尽沧桑的男人
怀抱着梦幻，像五颜六色的云彩
把它给美丽的姑娘
他在等待，他为了等待一个姑娘
等待姑娘的垂青

他等待一个姑娘，姑娘啊，姑娘
她叫什么名字？！妮查果俄波，我知道
那个姑娘就是异族的姑娘

---

①彝语，指四川越西县和美姑县交接处的一座山，汉语称 “美女峰”。

姑娘啊，她和我一样，一样都没去过那里
那里的天，那里的地
姑娘名字叫布谷鸟，姑娘名字叫金丝鸟

他在等待，就为了等待
一个姑娘等待姑娘的垂青
我们都还没有去过那里呐
在我的想象中，妮查果俄波啊
你是一片纯洁的天空你是一片纯洁的土地
你的女儿你的儿子就是你的水你的山
我与布谷鸟在现实所生育的女儿
我与金丝鸟在梦中所生育的儿子
多么像你啊，你的儿女你的山水

美丽的、漂亮的妮查果俄波啊
你是属于现代的，你是属于将来的
虽然你是从传统中走来！就像我们
而我，你何时走进我的梦幻
你何时走出我的梦幻。就像姑娘一样让
我爱你却又不知道如何爱你
让我恨你，却又是舍不得你
你怎么不早点进入和走出我的梦嘛

十二行诗：生肖

老鼠，在头颅中穿行

现在，老鼠，老鼠，精灵般的老鼠
在头颅中穿行，大摇大摆，旁若无人
草原已经非常辽阔和遥远
山岗才刚刚抬起头来

好像有福气的女人还没有准备
好像男人没有举起木棍举起驱赶
没有谁的目光没有随意
尽管闲着，手脚与思想，还有情感

翻箱倒柜的，为所欲为的
俨然一个淘气翻天的孩童
老鼠，充满希望。老鼠，张了嘴巴
咬醒麻木过久的神经

白牛

牛啊，我不会歌唱你，左顾右盼
你不是太阳，你也不是月亮

弯弯的角，虽然披星戴月
虽然钻过你的血皮对天地盟誓
但我们始终无法放弃原谅自己
在风口的高岗，梦幻般的影子
有了冰雪晶莹，还要雨丝剔透
至高的愿望犟劲豪气冲天
是否衰老？世上的枷担和犁扣绳
何时能够赶你入圈？流星的光芒

牛啊，我不会想念你，过去未来
你不是太阳，你也不是月亮

一只虎

有一个儿子也就足够了，只要孝顺和勇敢
有一只虎，一只旋转着宇宙
像玩耍绣球一样旋转宇宙的虎
也就足够了。不是一山不容二虎
不是虎多为患。而是生灵鲜活强弱

有一个女儿也就足够了，只要美丽和善良
有一只虎，一只吐纳着万象
像调风顺雨一样吐纳着万象的虎
也就足够了。不是江河欠缺起落
不是草木失聪。而是竹枝不能开花

儿女终究会留在世上
冥虎孕生昼夜的亘古

兔子，一蹦一跳入梦来

穿了兔毛镶边褂子的女人会嫁
她们，坐在秋天的夕阳下
细捻手中云朵的羊毛
那是掩藏着的爱情

这样的日子
刚柔相济的男人
不再出远门。一杯烧酒
才刚下肚，已到黄昏
麻木愚钝的那人真没出息。尽兴粗鲁
就地畅游梦乡。呓语搬起失言的石头

砸痛脚趾。兔子一蹦一跳入梦来
那是乖乖的女儿哦，在荡秋千

龙在深山

龙在深山里
远亲近邻在人间
难得见次面

龙在深山里
精血灌溉着人心
有怨也有爱

龙在深山里
伴随灾难和恐惧
伴随着意念

龙在深山里
朝圣膜拜的早晚
无头还无尾

蜕皮再生的蛇

给它拒绝，别让它抓进梦乡
它的犄角还没有长出来
盘曲在屋檐上
屋檐上仅有老母鸡
在窝在里，正在孵蛋

给它阻止，别让它去路的上方
它的鸡爪还没生出来
摊开你的衣襟，搂抱了它
回家
打开锅盖

只是，一旦它在你面前蜕皮再生
啊，请抢先脱下你的衣服给它看

绵羊敞放在我胸膛

百般疼爱的女儿，亲手扶上红骏马
去编织陌生的岁月。像扶养她成人
在森林飘逸起了长发的那边
在河水转弯而不回头的那边
绵羊啊，从我的左胸走到了右胸
徘徊的好一只，必定是一滴眼泪

饯行归宿，那是一定要了却的夙愿
锅桩熟悉，悲伤得一言不发的女儿
在众人躲躲闪闪的目光当中
在毕摩千篇一律的诵经声中
绵羊啊，从我的右胸回到了左胸
走散的那一只，必定是我的灵魂

马，被剪断翅膀

被剪断的，不光是飞龙马的翅膀
不光是神人支嘎阿龙的生命
不光是一脉相承的血缘
还有天地的姻缘。还有云彩的
牧鞭。还有炊烟思绪的密码
被剪断的，不光是飞龙马的翅膀
不光是上天入地来去自由
不光是捶胸顿足的哀号
还有冰冷的热情。还有火焰的
柔情。还有石磨恋歌的译词

是的，我知道我无法弥缝，但是
除了痼疾，别碰花脚骏马的鬃毛

附："十二行诗"创作谈

研习中华民族传统文化，惊奇地发现"十二"这个数字与我们的关系是何等的微妙！具体说来，有十二生肖，一年也由十二个月组成，连时间也是以每十二小时轮回计算……巧了，在我的民族——彝族中也有"十二"的记载。在彝族史诗《勒俄特依》里的《雪子十二支》章节里就有："上天降下灵竹，掉落安伽加勒山，然后变火燃，燃了九天九夜，再然后降下红雪，又降了九天九夜，为的是生灵演变，终于变出了十二支，分有血六类动物，无血六类植物，人就是其中一种……"因为爱诗又写诗，便想着要不借鉴入诗？于是，想出这"十二行诗"。

"十二行诗"指的是在诗体建设上的一种尝试。顾名思义，就诗来讲，所指的就是每首诗由十二行组成，即一首诗总行数为十二行。

其一，每首诗里分出三节，我自喻义天、地、人三维合一。这种分法中，第一、二节诗每节分五行组成，喻义金、木、水、火、土。重复着在一、二节中各用一次五行，潜义喻指金、木、水、火、土五行的轮回、交融，等等。第三节只用二行，也喻义天地、乾坤、阴阳、生死等等的对应生成。

其二，每首诗依然分为三节，喻义同上。只是在分行上每节由四行组成。喻义天地东、西、南、北四面，俗言"四平八稳"是也。在这种喻义下，还可分四节，使用俳句的手法，等等。

其三，具体如何分节，更可根据具体创作需要灵活处理。比如完全不分节，等等。

在艺术上，排比、对偶、回复等等手法均可使用，比如分三节每节四行时，还可按ABCD、AA、BA等传统技法押韵，也可完全不押而自由，行间字数可相等也可不等。在上述第一种分法时，末节两句还可用对偶，对联等传统技法。总之，一切传统和现代的诗歌技巧均可入诗自由运用，可传统、现代穿插交汇使用，也可各自完全独立运用。但"十二行诗"有三个总标准：其一，每一行至少是一个完整句。其二，每首诗必须讲求至少一个完整的意境。其三，每首诗至少传达一个完整的思想。

因为爱诗、读诗、写诗，还读与诗歌有关的文章，面对新世纪，便也时常想我中华新诗出路何在？其中重要一条就是关于诗歌的诗体建设问题。对于其发展方向，我是认同于“传统”与“现代”相结合。“古为今用”“洋为中用”，但必须得消化再生。单对“古”而言，我也以为应该是包括了诗歌在内的所有传统文化。“十二行诗”，便是把一种与诗歌本来没有关系的传统文化，拿来做了结合尝试。

思之所至，便也动笔初试。无巧不成书，真实事件被我碰见了，事情是这样的。

2001年3月5日《诗刊》的老师给我寄来了《希尼诗文集》（作家出版社2001年1月出版）。希尼，爱尔兰诗人，全名西默斯·威廉姆·奥唐纳·希尼，1995年诺贝尔文学奖获得者。我在他的诗文中畅游，惊奇地发现，诗人所自创的一种诗的形式，即“十二行”与我创作的“十二行体”是那么的相似。其中《方形》为代表，“每首12行，每行五韵节，用物体的形式来象征它的抽象原型”（《希尼诗文集》第455页）。我的创作是上一年，即2000年进行的，我惊叹：难道这就是所说的“英雄所见略同”？我此前并未读过他的诗作，生活的地域也可谓远隔千山万水，但冥冥中我们竟都选择了“十二行”。我在那本书里写下旁注：2001年3月5日收到本册书，前段时间我也创作出十二行体诗，并有《生肖》一组和《彝女》《女儿的诗》分别发于2001年1期《凉山文学》和《凉山日报》。读到此，惊奇地发现与希尼为何想到一起了？！只是与他虽同为“十二”行，立意却还是有别。缘此，我再清楚不过地知道，我的“十二行”是属于东方的、属于彝族人的，而希尼的“十二行”属于西方。

在当今社会文化背景下，我所创作的“十二行”是应运而生的，提出了新诗的形式如何改变，这不失为有益的尝试。古代有古体诗、词牌、现代新诗，而新时代拥有了“十二行”体新诗。这与当下社会背景更加吻合。试想一下，为什么我们的诗人苦苦经营，但始终被边缘化，而且越来越严重。思虑诸多，诸多思虑，这就要从诗的建设入手，就提出了诗体建设，因为诗体建设是首当其冲的。这还与时代特点有关的，事实上在当今社会中越来越多人不喜欢长诗，不喜欢的原因是有多种，嫌其冗长者居首位。在这个快节奏的时代，很多人只能用挤出来的时间去看这个“文学中的文学”。

文学立足当下，还要极目未来，这当中，短、精、深邃，而又包罗万象的诗体建设势在必行。

后记（一）

一颗耀眼的诗星：俄尼·牧莎斯加

钱志富①

《诗刊》2010年第3期在《每月诗星》栏目以非常慷慨的篇幅发表了彝族青年诗人俄尼·牧莎斯加的一大组诗《天地的琴键》，有八首之多，另配发了俄尼·牧莎斯加写对他和他的诗歌的介绍《我和我的诗歌》，里面有诗人自己的鲜明的诗歌观点，同时发表了胥勋和先生写的关于诗人的一篇评论《个人的，也是民族的歌唱——俄尼·牧莎斯加诗歌浅析》。

俄尼·牧莎斯加的诗写得大气，富于生机和活力，读来浑身气顺，笔者被这些优秀的诗歌作品所震撼，兴奋之余明显地感到中国近些年来相对暗淡的诗的天空突然被这个来自大凉山的彝族青年诗人俄尼·牧莎斯加所照亮了。可以判断，这个比笔者年轻四岁的诗人是一颗耀眼的诗星，笔者的身心被他健康而温和的光辉照亮，觉得是一种难得的幸福。

俄尼·牧莎斯加的诗里面有一种令人身心舒爽的抒情地放歌的笔调，这是多少年来诗坛难得一遇的。多少年来，诗人们与诗人自己的主观情绪对抗，他们否定情感的审美价值，剔除诗歌里面任何的抒情因子；他们主动地放弃了歌唱；他们的喉咙喑哑了；而这种喑哑不是别人强迫的结果，是他们自己删除了自己的声带；他们不要鲜活的健康的生人的气息，他们要的是死人的死的窒闷，而俄尼·牧莎斯加的诗保持了可贵的抒情氛围，他的歌声是那样的畅快，那样的潇洒而磊落。诗人在他的《羊皮褂子》里抒发道："给我了贫穷，也有着富庶了之后/你

---

①钱志富，男，1966生于四川武胜。文学博士，副教授。现供职于宁波大学外语学院。

还要给我什么，羊皮褂子/给了我先进，也有着落后之后/你还要给我什么，羊皮褂子”。读了这样的诗句，你真要兴奋地跳起来，唱起来，吟诵起来，这是与中国诗歌也是世界诗歌最古老的源头——诗歌、音乐、舞蹈同源同流的传统相对接的诗啊！这样的诗歌方式是如此古老，又如此现代啊！

俄尼·牧莎斯加的诗里面还有一种可贵的亲切的时代意识和时代精神，这也是多少年来诗坛难得一遇的。多少年来，诗人们与诗人自己所生活的时代相对抗，他们“刮骨疗毒”一般地企图剔除任何时代的因子，他们不要活在当下，活在某种现实的气息里，他们不屑于跟自己的时代展开对话。而我们的诗人俄尼·牧莎斯加却不是这样的人，从他的诗里我们可以读出我们这个时代所发生的巨大变化，能够启迪我们对我们当下的一些事物的认知，而这些认知是那样的难能可贵，因为这些认知能够引领我们沿着正确的方向前进，而不至于对我们的国家和民族的前途和命运感到迷茫。我们的这个时代充满了变数，所以我们应该更加谨慎，更加负责任地关注它。孔子说：“诗可以观”，诗歌的认知作用不可谓不大。俄尼·牧莎斯加的《瓦板房》就有他对我们这个时代的丰富认知——美的抒情地愉悦地歌唱着的认知：“把低矮的瓦板房揭去，我们住哪儿/我们是灵魂，一年要敬一次祖先/我们是实实在在的人的精神/把低矮的瓦板房揭去，我们住哪儿/揭去瓦板房，随之而来的是高大的砖瓦房/宽敞而明亮，你看窗子你看门缝你看烟囱/全部是崭新的，看我们的头脑梳洗得干净/在悠远的大凉山上，在临近的大凉山下/揭去瓦板房，揭去代表着落后愚昧的标志/随之而来的是代表着新生事物的砖瓦房哟/我们不是一成不变的（这也证明了如此）/我们是希望一年更比一年好过的啊/把瓦板房揭去，瓦板房只成为一种记忆/随之而来的不是忘了本/随之而来的是家家都快乐户户都安康/在砖瓦房里，在砖瓦房外/……/把低矮的瓦板房揭去，我们住进砖瓦房/要敬我们的猪呀羊呀都可以在砖瓦房里敬/儿孙们，我们是神灵，我们是人的精神/我们可在大凉山的每一个角落，在屋里屋外”。不可否认，俄尼·牧莎斯加是从积极的、正面的一面来肯定我们这个大时代的变化的，可是他并没有浅薄地歌颂我们这个时代，而是真诚地、质朴地放声歌唱。他的歌声无疑是动人的，因为他的歌声是来自血肉和灵魂深处的，富于生命的质感。中华民族经过数千年的沧桑巨变，尤其是近一二百年的屈辱历史，好不容易有这么一个可以得到大发展的时代，国家在振兴，民族在崛起，文化在复兴，我们千万不能去唱一种衰亡的调子。当然，我们当下所面临的问题也是很多的，但通过努力，我们总是可以解决一些或者大部分困难的。“国家兴亡，匹夫有责”，诗人负有更大的责任。

俄尼·牧莎斯加的诗里面还有鲜明的民族融合的气息，俄尼·牧莎斯加身处大凉山，他属于人口仅仅八百万的彝族，他热爱自己的民族，热爱自己民族的文化。他的好些诗篇都在歌唱自己的民族和自己民族的优秀传统文化；他的外祖父是一位著名的毕摩，他很为他是一位受人尊敬的毕摩的后人而骄傲，他自己也深通毕摩文化，他的诗有浓厚的毕摩文化因子，但俄尼·牧莎斯加没有狭隘的民族情绪，他在热爱自己的民族和民族文化的同时，也热爱其他民族的文化，他的诗里经常歌颂民族的融合和民族文化的融合。

他的第二位妻子是一位美丽的汉族姑娘，他很骄傲地为他的汉嘎媳妇放声歌唱：“我娶了一个汉嘎媳妇，真的”，兴奋和幸福之情溢于言表。而这位勤劳贤惠的汉嘎媳妇对我们的诗人关爱有加，“你看她，又在给我织毛衣了/听见我在说冷得很了的时候/我的情人，我的爱人/母亲给我的是我的身体/她给我的是我的灵魂”，诗人的这位汉嘎媳妇不仅关爱照顾着我们的诗人，而且在很多事情上都成为我们诗人的主心骨，“在我受到落难的时候/她又来给我把我的伤口抚平/我受到内讧，正当在生死存亡的路口徘徊/是她啊，给了我重新做梦/给我重新铺设了道路，燃起了生命的灯”，看啦，就是这样一桩跨民族、跨文化的婚姻让我们的诗人获得了拯救般的幸福，自然，我们的诗人也是用他的全身心在爱着这位汉嘎媳妇，“我怎么就不应该百倍地珍爱她哟/我相信我会给她以百倍的热爱/一如我从小就是受到的汉文熏陶/她是汉族，但是她在我们家/行走自若，完全是自己的家一样”，不仅是诗人对这位汉嘎媳妇百倍的珍爱和热爱，诗人的母亲也是，“虽然说的话，我母亲听不懂/但是做的事，我母亲却看得到/我母亲在说：孩子，你，前世修来的福/这个，从我看见的这件事来说/我看她爱你是当真的。我有什么不同意？”诗人的这位汉嘎媳妇就是诗人的生命和灵魂的重要构成部分，诗人当然同意给了他的生命的母亲的评价。“我什么都清楚，什么都清楚！她哟/啊，她在说着汉语爱我，一如我在说着/啊，说着彝语在爱她。我们一起求知求全/生命的灯，照亮她和我的世界/我们合二为一了！在我的生命中”，诗人和他的汉嘎媳妇生活在一起虽然民族不同，文化不同，可是他们荣辱与共，相濡以沫，他们都是幸福的啊，不仅如此，他们还有了伟大的爱的结晶，“只留下我们的爱情结晶，在这个世上/发扬光大。一如我爱她到死——/爱人啊，你是一种虚无，虚无的你啊/爱人啊，你又是真实的，真实的你啊/拥有你，整个世界都在我的掌握之中”。诗人很喜欢他们的爱的结晶，将他们的儿子命名为巴汝，而巴汝就是彝族的神人支格阿龙，传说是雄鹰的儿子，可见诗人是如此看重他们的儿子。诗人的第一次婚姻有些不幸，是跟一个彝族女子的婚姻，生有一个孩子。诗人很爱姐弟俩，说是他的左心房和右心房，左耳和右耳，左眼和右眼，精心呵护和珍爱。

以上是笔者心中的俄尼·牧莎斯加的诗的几点优点。当然，这些优点说得还不够，我们应该更加充分地肯定俄尼·牧莎斯加的诗的价值。但笔者才疏学浅，想不出来了。

笔者想谈谈他的诗歌观点。

“我对诗歌是有畏惧的。”“对于我来说，写诗绝对不是娱乐性的，而是严肃、谨慎的事情。诗歌对于我、我对于诗歌，都是神圣的、不可侵犯的。”俄尼·牧莎斯加如是说。俄尼·牧莎斯加是一个对于诗歌充满敬畏感的诗人。这样的诗人本身是值得敬畏。

“写诗歌，太不容易了，诗歌是我和彝人的生活和思想的全部。”什么叫“生活和思想的全部”啊？那就是全身心地投入，不计成本地投入；那就是为了诗歌事业，舍身、舍命和舍财。俄尼·牧莎斯加说，他是一个命定的诗人。作为诗人他是荣耀的，值得尊敬和爱慕的，我们应该尊重像俄尼·牧莎斯加这样的诗人。

一个写诗的人，除了诗歌以外，我还爱看各种各样的书籍报刊。看这些的目的，是我要把诗歌尽量写好。古今中外，什么书都爱看，只是一切从诗歌出发。而我始终在坚持、提倡要身心得到深化和修养，这个“身心”就包括高尚思想、道德情操、人格修养、艺术创新等方面。我始终在坚持着，要进行“三学习三思考”，“三学习”即向外国古典和现当代文学（诗歌）学习、向中国的古典和现当代文学学习、向本民族的古典和现当代文学学习；“三思考”就是着眼于历史、现今和未来的抒写。其中，最少不了的是个性，即从我最熟悉的东西——喜、怒、哀、乐写起，以达到整个民族或整个人类的共性的目的，以使我的诗歌写得好看、更好看，思想深度上写得深刻、更深刻。从俄尼·牧莎斯加诗歌的这段自白可以看出，诗人的确是目光远大，在诗歌上肯下功夫的那类人。

写到这里，笔者觉得我们的诗坛能够出俄尼·牧莎斯加这样的诗人，实在应该感谢我们的前辈诗人梅绍静。诗人给笔者寄来的诗集《部落与情人》中收录了作为中国国刊的《诗刊》的资深编辑梅绍静给俄尼·牧莎斯加写的六封短信，这些信虽然短，但反映了一个负责任的编辑对我们的诗人俄尼·牧莎斯加的那种无私的爱才之心和高标准、严要求。梅绍静一直要求诗人写出代表他自己最高水平的佳作和自己民族的代表作，说诗歌一定要出类拔萃，“生活气息，时代感，艺术特色，一样也不能偏废。”又说，诗歌要有浓缩轻盈的灵气，“人工造作的一多，反而不美了。”梅绍静要求诗歌要有激情和意象美，要纯真天然，要有来自生活的美，当然，也得有民族特色甚至新鲜的彝族民歌风味等等。这些，我们的悟性很高而且肯下功夫的诗人都一一做到了。感谢梅绍静老师，感谢诗人俄尼·牧莎斯加。

俄尼·牧莎斯加是我们诗坛的一颗耀眼诗星。1999年作家出版社出版的诗集《部落与情人》中收录了《东方圣鹰》一诗。诗人咏道：“而我是鹰啊，东方/我的头颅，在珠穆朗玛峰的/雪光之中，还是最初的圣洁/我的血脉，随长江黄河之水/依然潮动着蓬勃生命/而我是鹰啊，东方/绿树丰满的翡翠啊，我的羽毛/芳草葳蕤的温暖啊，我的绒羽/可我宽大有力的翅膀在何方？/可我强悍刚毅的爪抓住何物？/而我是鹰啊，东方，而我是鹰”诗人的这首诗写得悲壮、雄强，诗的结尾说：“而我是鹰啊，东方，而我是鹰/一只伤痛过又更高振飞的/东——方——圣——鹰”。

但愿我们的诗人永远是令人敬畏的东方圣鹰，但愿他飞得更高，飞得更远！

后记（二）

创作出精品来

——一个贫民诗人的后记

我常常在想，一个诗人、一个作家，能够有多少作品让人记住呢？很多诗人、很多作家，拿了这样那样的奖但终归没有让老百姓记住他（她）。一些诗人、作家发了很多作品和出版了很多作品集，甚至堪称是名诗人或名作家的作品，对于他（她）们的作品老百姓只知道皮毛，或是根本就不知道。这是为什么呢？这个原因：一方面是老百姓的；一方面是诗人、作家本人的，诗人及作家本人所占的比例要大得多。老百姓的爱好、想法等诸多问题出现了与诗人和作家的想法偏差？……从中国来说，我知道“伟大的时代为何难觅伟大的作品”的议题，摆在了我们的面前，使我们——老百姓和诗人、作家不得不重新考虑作品的数量和质量问题，不得不考虑什么样的作品才是精品的问题，等等。

还在十几年前，三十一岁的我去参加“第十七届青春诗会”时，就着手思考起这一个问题了。这一晃，岁月晃过了十几年的光景。平时，除了写诗（新诗和散文诗）、写散文、小说以外，我还做过很多的评论，我的很多评论文章也就涉及或论到了这一问题。事到今天越想越觉得突出了，事实上，既要注重数量也要重视质量的问题已经不用考虑，是势在必行了。而这个数量和质量的问题，有多少诗人和作家能够把它们都一起抓了的？答案是没有多少诗人和作家。所以，我觉得诗人、作家是抓质量要比抓数量容易得多也难得多。我是彝族，我的民族有句话说得好——“多了不使人羡慕，要精品（团结）才使人羡慕”，这一句话已经形成了千古的谚语。是谚语了，就得有人做、就得有人听、就得有人想。抓质量，说到做到，我在我的思想深处，就是这样想的这样去做的。

我这样去想这样去做了之后，我在我的诗集《命运》这本书要出版之际，我好像还有话说。在这之前，我出过几本诗集了，像《灵魂有约》《部落与情人》《高原上的土豆》，等等。这当中，《部落与情人》和《高原上的土豆》算是我比较满意的作品。《部落与情人》获得了四川少数民族文学奖——第二届四川省少数民族文学创作优秀作品奖。其中，我的作品《东方圣鹰》获得了《诗刊》“金鹰杯”全国朗诵诗大奖赛三等奖。我是获得该等级奖的唯一一个少数民族，按票数多少计得的是第十二名。而其他的作品还有很多，没有首首都获奖但是权威的选集里面都选到了它，甚至不选。说到《高原上的土豆》，拿到我手头就只有500册，和《部落与情人》比较，确实少了些。而“部落”“情人”“高原”“土豆”等这些词，都是指彝族的。部落，我指的就是整个民族；情人，我把她——我的民族赋予人格化了，我称她为情人是因为《现代汉语词典》里解释的：“相爱中的男女一方”，而不是世俗化了的“情人”的关系，我对彝族是何等热爱啊；高原，我是说的在云贵高原和青藏高原交接处生活的彝族；土豆是他们最主要的口粮之一。事实上，我在当初想这个书名的时候，我把“荞麦”与“土豆”几经掂量，荞麦是彝族几千年来的主要口粮，它已成为彝族的“族徽”。来说这个土豆，虽然它有很多个名字，就我知道的是马铃薯、洋芋、土豆等这三个，它是外来的这事不多说。从小的时候到今天，我走在任何一个彝族村寨，都有它的身影。彝族，主要是吃苞谷和土豆过活的。苞谷也叫玉米，还不是外来的。我这样想，外来的东西如何形成了彝族的主要食物？！

我想，任何族群的话，不管那么多，只要对族人有利，就向着这些东西。随着时间的推移，我娶了一个汉族姑娘，就是例证。我家多子，有七姊妹六弟兄。小的时候，我听见木布的年过半辈的媳妇在用彝语给我们说：“老大娶个汉族，老二娶个藏族、老三娶个彝族……”当时我听了，我在想她说的是无稽之谈。长大了，我才发现硬是被她说中了。我娶的是汉族，我的二弟娶的是藏族，我的三弟娶的是彝族……而且，娶起了，和和睦睦的。我在想，木布的媳妇具有先天性的预言的功能。而我娶了汉族姑娘，我的弟弟娶了藏族姑娘，这说明什么呢？我在想这个想了很多年。任何人都是平等的啊，平等地一样生活着、思考着……我们语言可以不通、风俗可以不同，但人之常情是一样：一样地哭——痛苦；一样地笑——欢乐……同一个民族间和不同民族间的相互关系是何等的和谐相处啊。

这个很久了，我忽然发现：裂变在我的身上发生……我在几年前就有表达这个意思。我开始循着我的民族的历史往上推几千年，我发觉了——阿普杜木，即杜木惹牛，就是那个被尊称为“望帝”的我们的先祖——杜宇，他娶了天上的仙女而繁衍下了我们。而我们彝族的神人吉支·支格阿尔，是一个混血儿，相传他的母亲由于崇拜鹰，而与雄鹰生下了他的……这些已经成为神话。回到现实社会中是有的，比如说我，我作为彝族，娶了汉族；我的兄弟，娶了藏族……我们不是头一个娶外民族的，我们也不是最后的那个。相互间产生感情、产生爱慕，任何人都可以的。感情是什么？感情就是诗歌。爱慕是什么？爱慕就是诗歌的表达！

再说到我的《命运》，为什么要取这样一个名字呢？“命运”按凉山的“圣扎”方言解释的，它彝语名叫：“克波”。在《命运》里面的诗歌，说来我认为是较好的。我在想，一个贫民诗人出一本诗集很不容易，我要把我认为是上品的、精品的诗歌全都收进去，而且选了又选。现在，可以放心了，面对自己已发表的一千多首诗歌我才精选出了这么几十首，我满意了。这不仅仅是要突破数量，更是要突破质量的思想在作怪。我的这种思想：树立精品意识，还将伴随我左右的。

有道是“高手在民间”，然而对于我来说，“高手”算不上，只是操着笨拙的手和思维在努力、再努力。缘此，我的诗篇和这些想法，归根结底还是要民间——广大的老百姓说了算。我努力了，但只是我的一厢情愿，到底算不算是精品了……所以，请诸位看官多多指教才是真的，我等着。这正是我的本意，是我的“克波”，我的命运、运气。

我在努力，正在努力着，正在用我的一生去做赌注，换取诗神的垂爱。